Seda Eroğlu

@oykuhane

İYİLER KAYBETMEZ Kaybedilir

DESTEK yayınları

DESTEK MEDYA GRUBU

DESTEK YAYINLARI: 980
EDEBİYAT: 292

SEDA EROĞLU / İYİLER KAYBETMEZ KAYBEDİLİR

İmtiyaz Sahibi: Yelda Cumalıoğlu
Genel Yayın Yönetmeni: Ertürk Akşun
Yayın Koordinatörü: Özlem Esmergül
Editör: Zeynep Atayman
Kapak Tasarım: Işıl Ilgıt Şimşek
Sayfa Düzeni: Cansu Poroy
Sosyal Medya-Grafik: Tuğçe Budak - Mesud Topal

Destek Yayınları: 1.-4. Baskı Ağustos 2018
5.-7. Baskı: Eylül 2018
8.-9. Baskı: Ekim 2018
Yayıncı Sertifika No. 13226

ISBN 978-605-311-459-8

Abdi İpekçi Caddesi No. 31/5 Nişantaşı/İstanbul
Tel. (0) 212 252 22 42
Faks: (0) 212 252 22 43
www.destekdukkan.com
info@destekyayinlari.com
facebook.com/DestekYayinevi
twitter.com/destekyayinlari
instagram.com/destekyayinlari
www.destekmedyagrubu.com

Deniz Ofset – Nazlı Koçak
Sertifika No. 40200
Maltepe Mah. Gümüşsuyu Cad.
Odin İş Mrk. B Blok No. 403/2
Zeytinburnu / İstanbul

DESTEK yayınları KARAKARGA BEYAZ BAYKUŞ genç DESTEK

Seda Eroğlu

@oykuhane

İYİLER KAYBETMEZ Kaybedilir

"Affetmek ve unutmak iyi insanların intikamıdır."

DESTEK yayınları

Tüm kırgınlıklarıma...
Paylaşacak daha çok şeyimiz varken
bizi yarım bırakan
BABAMA...

Teşekkür

Hayat bir yolculuksa, bu yolculukta bana eşlik edenlere ve edeceklere,

Gelenlere, gidenlere, hiç gelmeyeceklere,

Yalnızlığımı sevdirenlere,

Kendimi bir sonbahar ağacı gibi kırılgan ve zayıf hissettiğim zamanlarda dallarıma güç verenlere,

Doğruyu ararken düştüğüm yanlışlara,

Deneye deneye edindiğim tecrübelere,

Darbe aldıkça güçlendiğim hayata,

Küllerimden yeniden doğmamı sağlayan *Anka Kuşu efsanesine*,

Her yaşta, her koşulda imkânsızı yaşanabilir kılan *değişim* fikrine,

Hayat felsefem haline gelen *her şeyi ve herkesi olduğu gibi kabullenebilmeyi* öğretenlere,

Tebessümle dünyanın yeniden yaratılabileceğini keşfetmemi sağlayanlara,

Geleceğe iz bırakmama vesile olan aileme,

Beni hedeflerime bağlayan, annelik gibi kutsal bir duyguyu tek gerçeğim kılan kızım Melis Derin'e,

Sevdiklerime, sevenlerime,

Cümlelerle yarattığım dünyama misafir olan okurlarıma,
Yaşamı anlamlı kılan her duyguya,
Hiçbir zaman kaybetmediğim *umuduma*,
Yaşanacak güzel günlere olan sonsuz inancıma,
Ruhuma, benliğime,
Sihrini üzerimden eksik etmeyen *sonbahara*, *yağmura ve aşka*,
Teşekkür ederim.

“

Bir çanta dolusu hikâyeyle çıkıyorum yola.
Hangilerini yazmayı yetiştirir kalemim
ya da hangileri sana ulaşır, bilmiyorum.
Sadece bir gün mutlaka
bir hikâyenin içinde senden bahsedeceğimi
bilmeni istiyorum.

”

İnsan Acılarında Yalnızdır

Frida Kahlo

Başlarken

Gel, Uzun Bir Yolculuğa Çıkalım Seninle

Nereye gittiğini bilmediğim bir trene atlayıp boş vagonlardan birinde günlerce sana yazma isteğiyle uyanıyorum her sabah. Baharın tüm çiçekli elbiselerini giydiği şehirlerden geçip ne var ne yok anlatmak istiyorum.

Hayatın o dümdüz ovaları anımsatan durgunluğunun, en engebeli yamaçları aştıktan sonra göründüğünü, pencereden içeri dolan güneş pırıltılarına rağmen, dışarıdaki soğuğun tüm hücrelerini titretebileceğini... Yaşam denen döngünün her zaman aynı rutinde ilerlemediğini, bazen mutlulukla bulutlara erişebilecekken bazen kalbindeki sızıyı unutmak için ne yapacağını şaşırabileceğini, kaybetmek denen kavramın seni nasıl güçlendireceğini ve daha birçok şeyi...

O günün *BUGÜN* olmasını ise çok istiyorum!

Bazen tüm seslerin susması ve içinde biriktirdiklerinin dile gelmesi gerektiğini yeni yeni kabulleniyorum. Konuşmak, anlatmak gibi bir şey değil bahsettiğim. Bende izi kalanlardan hayatına dokunabilecek olanları yazmak istiyorum.

Neler biriktirdiğime bakıyorum sonra.

Hep yanımda taşıdığım bavuluma neler sığdırdım?

Neler kazandım, neler kaybettim, neler öğrendim?

Hangi duraklarda durakladım, hangi zaferleri hakkıyla kutladım?

Kaç metreküplük mutluluğu ne kadarlık alanlara sıkıştırdım?

Sana anlatacaklarımı en az senin kadar merak ediyorum.

Ben bunları düşünürken peronda birkaç yalnız yolcu... Benim gibi...

Derinlere inebilmek için yalnızlığın gerekliliğini keşfettiğimden beri daha farklı bakıyorum her şeye. Kalabalığın uğultusunda duyamadığım sesleri duyuyor, daha önce hiç dikkat etmediğim ufak detaylara kafa yoruyorum. Daha çok düşündüğüm, daha çok yazdığım ve daha çok anladığım kesin. Çünkü yaşam, üzerinde düşünmeden anlaşılabilecek kadar basit değil. Bunun için biraz içe dönmek, içinden yükselen sesleri dinlemek gerekli...

Yalnızlaştıkça, gereksiz kalabalıktan uzaklaştıkça keşfettiklerine inanamıyor insan.

Belki o yalnız yolcular da benim keşfettiklerimi keşfetmiştir, kim bilir?

Sana bir sır vermemi ister misin?

Ömür, uçsuz bucaksız ovada uzayıp giden günün, yarınına koşması gibi kovalıyor takvimleri. Fazla zamanımız yok.

Yolculuğumuz ise yeni başlıyor.

Ve işte bir düdük sesi...

Gel, uzun bir yolculuğa çıkalım seninle. Anılarımızın, acılarımızın üzerine basarak olgunlaşalım. Her acının zamanla geçtiğini, belki de zamanın her yaraya iyi geldiğini bir kez daha kabullenelim ve sonra hep daha güzel günler umut edelim. Geleceğin en pırıltılı bahar sabahları kadar göz kamaştıran bir fotoğrafını çekelim ve inanalım, hep daha güzel bir yarın olabileceğine inanalım.

Geçmişten kurtulalım. Kırgınlıklarımızı, kızgınlıklarımızı bugünde bırakalım. Ve devam edelim, bize sunulan o en güzel hayatı yaşamaya kaldığımız yerden devam edelim.

İçindeki küçük çocuğun bir şeylere küstüğünü, bedeninin yaş aldığını ama onun hep öyle kaldığını biliyorum. Öyle olmasa, bugün bu satırlarda buluşuyor olmayız, değil mi?

Şimdi yapman gereken, tüm sesleri susturmak ve kendini yola bırakmak.

Bu yolculukta kendi hikâyeni bulacaksın. Çünkü biz hep benzer durumları yaşarken bunun sadece bizim başımıza gelen bir felaket hali olduğunu sanırız. Büyük yanılgı! Oysa çoğumuzun hikâyesi de, acıları da birbirine benzer. O yüzden bu kitapta kendini bulacaksın.

Hatırlayacaksın, belki tekrar acı çekeceksin, ama sonunda güçleneceksin. Kırgınlıklarından, kızgınlıklarından, yaralarından daha güçlü bir sen yaratacaksın. Belki de onlarla yaşamaya alışacaksın.

Allah der ki;
Kimi benden çok seversen onu senden alırım.
Ve ekler;
Onsuz yaşayamam deme, seni onsuz da yaşatırım.
Ve mevsim geçer, gölge veren ağaçların dalları kurur,
Sabır taşar,
Canından saydığın yar bile bir gün el olur.
Aklın şaşar.
Dostun düşmana dönüşür.
Düşman kalkar dostun olur.
Öyle garip bir dünya,
Olmaz dediğin ne varsa olur.
Düşmem dersin düşersin.
Şaşmam dersin şaşarsın.
En garibi de budur ya;
Öldüm der durur, yine de yaşarsın...
Mevlana

“

Önce olmaz dediklerin olur.
Sonra gitmez dediklerin gider.
En son da ölmez demeye korktukların ölür.
Sanki her acın bir öncekine nispet eder.
Her biri omuzlarındaki yerini aldığında
ne zaman pes edeceğini merak eden
bir düşmandan farksızdırlar.
Bu; hayatın, gücünü sınama şeklidir.

”

"Unuttukların, hatırlanacak güzel şeyler için bir adımdır. Eskiyi unutmadan yeniye yer açamazsın."

Hepimiz Bir Masaldan İbaretiz, Bir Gün Elbet Biteceğiz

Odaları gözüme kocamanmış gibi görünen, yeşilimsi rengi tüm ufkumu kuşatan, burnuma değen kızarmış portakal kabuğu kokusuyla o ev; hani sadece iki odası ve minicik mutfağı olan küçük bahçeli o ev... Çocukluğuma dair hatırladığım ilk şey... Hikâyemin başlangıcı... İnsanın ilklerini unutmadığı gerçeğinin bendeki resmi kanıtı belki de...

Oysa unutkanım ben. Beni üzen, canımı yakan her şeyi ve herkesi unutmakta üstüme yoktur. Bir yazar bir kitabında "Bir şeyi unutmak istediğimde unutabiliyorum" diyenlere imrendiğini, unutabilmenin bir kabiliyet olduğunu söylemişti. O yazıyı okuduğumda yüzüme büyükçe bir tebessüm takınıp, "Sanırım o kabiliyete sahibim" diye böbürlenmiştim. Bunu yapmaya hâlâ hakkım var sanırım.

Çünkü unuttuklarım, hatırlanacak güzel şeyler için bir adımdı.

Bir de hiç unutmadıklarım... Çocukluğum, mutlu aile tablosu denen çerçeveye sığdırdıklarım, ilklerim... İlk yolculuğum, ilk ayakkabım, ilk arkadaşım, ilk heyecanım, ilk okulum, ilk başarım, ilk yaramazlığım, ilk kardeşim, ilk aşkım, ilk yaram, ilk hayal kırıklığım, ilk çaresizliğim, ilk umudum, ilk öpüşmem, ilk terk edilişim, ilk isyanım, ilk... Meğer ne çok ilki oluyormuş insanın.

Çocukluğumun sarayının İstanbul'un en ücra köşesinde bir yerde küçücük bir evden ibaret olduğunu gördüğümde tüm inandıklarımın bir gün değişebileceğini anlamam da o ilklerden biriydi. Sonra da ardı arkası kesilmedi.

Oysa ideal yaşamla mükâfatlandırılanlardandık. Bilgili, toplum seviyesine göre saygınlığı yüksek bir mesleğe sahip olan bir babanın ve sevecenliği, anaçlığı ve fedakârlığı ile örnek bir annenin kızı ve dünya tatlısı bir kardeşin ablası... Başarılı bir öğrenci... Güzeldi rollerim. Hayatımda gördüğüm en küçük ev de o yeşil evdi.

Evler büyüdü zamanla. Ailemize girip çıkanlar, biriken anılar, tebessümle hatırlanan kareler arttı. Sonra her güzel şeyin bir sonu olduğunu bağıra bağıra hayatımıza giren bir hastalık... Bir çocuğun hastalık kavramını anlamlandıramayacağı bir yaşta tanıştık kanserle. Bir annenin hastalığı kadar hangi yara acıtabilirmiş ki çocuk dizlerimizi? Acıtmadı. Hep en çok yarayı gönlümüz aldı. *Oysa çocuklar kâğıttan gemiler yapar, içine umutlarını doldururdu. Bizim payımıza ise o gemileri gözyaşlarımızda yüzdürmek düştü.*

İşte böyle devam etti ilklerim. İlk kez korktum, ilk kez kaybedeceğimi hissettim, ilk kez canımın acısını dindirecek bir masal bulamadım.

İnsanın sevdiklerini kaybetme korkusuyla büyüyor olmasının çocukluğunda ne büyük bir enkaz bıraktığını ise çok daha sonra anladım.

Annemin tedavisi için başka bir şehre geldiğimizde, bir baba neden ona en ihtiyaçları olduğu zaman ailesinin yanında olmaz diye çok sorguladım. Terörün ülkede kol gezdiği zamanlardı,

90'lardı. Bilemedim. Boğazımda takılıp kalan o yumrunun sebebinin vatan sevgisi olduğunu bilemedim.

Annemin saçları kazınırken hissettiğim çaresizliği de başka hiçbir şeyde hissetmedim. İşte o gün ilk kez gizli gizli ağlamayı öğrendim. Çocukluğu bir pencere arkasına gizlemeyi bir de...

Annemin iyi olacağı günü beklerken on yıl devirdim. Her çocuk gibi ben de defalarca düştüm. Evet! *Süper kahraman olarak doğmuyor hiç kimse. Ama o ilk düşüşüm bir kez daha düştüğümde dizlerimde nasıl bir acı hissedeceğimi öğretmişti. Sonrakiler çok tanıdıktı.*

Hayatın bana armağanı dediğim dinginlikte birkaç yıl yine büyük başarılarla geçti. Üniversite, kariyer, eğitimler... Her şey olması gerektiği mükemmellikte ilerledi. Annem iyileşti. Bir daha saçlarını hiç kısa kestirmedi. Ama içimdeki o kırgın çocuk hep bir yerlerde saklandı.

Bir kızım olduğunda, içimdeki çocuğa da yeni bir umut doğmuştu. Çocukluğunda vazgeçtiği her şeyi yeniden yapabilir, tekrar çocuk olabilirdi. Oldu da...

O küskün kız çocuğu, hayatla barıştı, mutlu zamanlarının fazla sürmeyeceğinden habersiz.

Umutlar insanın tarlasında yeşeren en güzel meyveyken, bizlere onları hep en güzel gemilerde yüzdürmek düştü.

Önce olmaz dediklerim oldu. Sonra gitmez dediklerim gitti. En son da ölmez demeye korktuklarım öldü.

Sanki her acım bir öncekine nispet etti.

Her biri omuzlarımdaki yerini aldığında ne zaman pes edeceğimi merak eden bir düşmandan farksızdılar.

Günlerce direndim.

Dizlerime aldığım darbeler büyüdükçe büyüdü. Öyle yaralar aldım ki her birinin hikâyemde izi kaldı. Her biri yaşanmışlık denen havuzda birer balığa dönüştü. Arada oltama takılan hikâyelerde yaralarımdan izler bulacak olmanın sebebi belki de budur.

Çünkü bugün ayaklarım yere sağlam basıyorsa o düşmelerin acısına alıştığım içindi.

Yarın sen de en haşin rüzgâra karşı sarsılmadan dimdik durmak istiyorsan aldığın yaraların acısını unutma.

Bir daha düşeceğini bildiğin yerlere takılma.

Çok sev, ama insanın her zaman değişebileceğini göz ardı etme.

Herkesten her şeyi bekle.

Olmaz deme, olur.

Gitmez deme, gider.

İhtimal bırak, sonra hayal kırıklığına uğrama.

Ve ölüm denen gerçeği yadsıma.

Geldik, geçtik, gidiyoruz.

Bir gün hepimizin yaşayacağı bu gerçeği hatırla.

Yanındakini bugün sev, söyleyeceğini bugün söyle, bugün sarıl.

Hayat kısa, unutma.

Hepimiz bir masaldan ibaretiz, bir gün elbet biteceğiz.

Dört Harf İki Hece - Baba

Baba...

Dört harf, iki hece... Bir ömürlük kelime...

Hayatımda duyduğumda ardından boğazıma koca bir yumru gibi düğümlenen başka bir kelimem olmadı benim.

Ben "baba" dedim, o sözcük en büyük kedermiş gibi düğümleneceği yeri bildi. *Bir çocuk en savunmasız yaşlarında, babası uzakları adımlarsa, yalnız kalırmış, kimse bilemedi.* Çocukluğumun oyunları yerini pencere ardında sokaktaki diğer çocukları izlemeye bıraktığında da kimse anlayamadı içimde saklanacak yer bulamayan derdi.

Hangi çocuk birden çok mevsimi pencere önünde devirebilir ki? Ben devirdim.

Bir pencere demek, bir çocuk için umut demek, pencere önüne dizilen gemilere umut yüklemek demek ve köşe başından usulca belirecek gölgeyi beklemek demek işte... Bekledim. Her babası ya da annesi uzaklara gitmiş çocuk gibi ben de yaşım kadar ayı pencere önünde geçirdim. Hayatımda hep bir hatırası olan sayılardan dokuzu işte bu yüzden hiç sevmedim.

Babam gittiğinde 9 Temmuzdu, 9 yaşımdaydım. Dokuz gün yutkunamadım ve dokuz ay beklemenin ne demek olduğunu hiç anlayamadım. Çocuktum işte, nereden bilecektim gidenlerin bir gün geri geleceğini. Gelmeyeceklermiş gibi yaşadım acısını. Babam hiç gelmeyecekmiş gibi ağladım günlerce. Sessiz sessiz... Annem görmeden... Sonra hıçkırıklarım boğazıma gömüldü. Daha sessiz ağladım. Bir süre sonra ne ağlayabildim, ne de anlayabildim.

Bir çocuğun çocukluğu nasıl öldürülür diyorsanız, böyle işte.

Pencere önündeki gemiler mevsimlerin devinimine inat hiçbir yere gitmedi. Ta ki bir Nisan sabahı, her yeni güne güneşler doğuran bir bahar sabahında bir gölge o köşe başını dönene kadar.

Artık istediği limana demirleyebilirdi gemiler.

Şimdilerde boğazımdaki düğümün yeri değişik... Belki de yeri değil de değişik olan, kendisi...

Keşke diyorum, keşke babam yine uzakta olsaydı da orada bir yerlerde yaşadığını bilebilseydik... O uzakta olsaydı, biz gerçekleşmemiş hayallerimizi, söylenmemiş cümlelerimizi yine saklardık içimizde.

Hayat bazen fazla acımasız...

Kaybettik biz. Öyle anladım o cümlelerin aslında hiç saklanamayacağını. Saklansa ne kadar acı vereceğini.

Babam ardında edilmemiş takdirler, söylenmemiş cümleler, okşanmamış saçlar ve öpülmemiş yanaklar bırakarak gitti. O gitti, boğazımızdaki o düğüm olduğu yerde öylece kalakaldı.

Senin de kelimelerinin koca bir düğüm olup boğazına takıldığını hissettiğin zamanlar oluyor mu? O an sanki o tek kelime çıksa dudaklarının arasından, sonrasında cümlelerin çağlayacağını bildiğin zamanlar...
Oluyorsa, içinde bir yerlerde gizlediğin bir yara hâlâ kanıyor demektir.

O yara kabuk bağlamadan acın dinmeyecek, boğazındaki o düğüm geçmeyecek. Bugün ona istediği ilacı ver. Yarım kalmış cümlelerin varsa tamamla. İçinde saklanıp kalan o kırgın çocuğa sarıl, okşa saçlarını. Onu her haliyle kucakladığını söyle. Emin ol, sen onu iyisiyle kötüsüyle, doğrusuyla yanlışıyla, deneyimlediği tüm tecrübeleriyle, kaybedişiyle kazanışıyla kabullendiğinde, o da kaldığı yerden yaşamaya devam edecek.

Ve ben...

Seni affediyorum kendim. Seni, sen olduğun için kucaklıyorum.

Söylenmemiş her söz, yarım kalmış her şey için, iyi ya da kötü tüm tecrübelerin, tüm yanılgıların için, içindeki çocuğu küstürdüğün için seni affediyorum.

Şimdi tekrar doğum zamanı...

Şimdi seni yeniden yaratma zamanı...

Zamanla Alışır İnsan

Her soğuk odada yalnızlığın anımsanabileceğini anladığımda gitmez dediğim kim varsa gitmiş, bitmez dediğim ne varsa bitmişti.

İnsan bazen çok sevdiklerinin de bir gün gidebileceğini düşünemiyor. Sonsuza kadar yanında olacaklarını düşünüp düşebileceği en büyük yanılgıya düşüyor. Ben de düştüm.

Bir sabah ansızın hayatının uzun bir dönemini beraber geçirdiğin birine veda etmek elbette ki acı vericidir, bilirsin. İnsana o en korktuğu yükseklerden kendini boşluğa bırakıyormuş gibi hissettirir. Yere çakıldığında parçalarına ayrılacağını bilirsin, ama yine de engel olamazsın ya, öyle bir his...

Ben de düştüm. Kırıldım. Parçalandım.

Düşe kalka yürümeyi öğrenen çocuklar gibi düşe kalka büyüdüm. Her düşmemde güçlenerek kalktım. Dizlerime aldığım her yara yüreğine dokunan o satırları yazdırdı. Sonra alıştım.

Zamanla alışıyormuş insan, öğrendim.

Bir gün sen de öğreneceksin. Hiç alışamayacakmışsın gibi geliyordur şimdi sana, eminim.

Ama geçecek.

Bir gün her şey geçecek ve iyileşeceksin.

“

Kolay mıdır,
kalbini evin
kabul ettiğin
birini unutmak?

”

Başka Bir Baharda Başka Bir Hayata Uyanmak

Hayat bazen, bir çocuğun babasının paçalarına asıla asıla aldırdığı pamuk şekeri gibi tatlı, bazen kabarıp kıyıdaki çakıl taşlarını yutan dalgalar gibi hırçın, bazen de usul usul saçlarımı dalgalandırıp ruhumu okşayan rüzgâr gibi narindi bana karşı.

Normal insanlar gibi yaşamayı ise hiç başaramadım. Yanlış anlama, beceriksiz değilim. Diğer birçok insana göre birçok şeyi daha iyi yapmışlığım çoktur. Ama bir yerde o dikiş tutmadı işte... Tam *artık oldu* derken yeniden ve yeniden başa sardı hayat. Hani çorap söküğü diye bir tabir var ya işte tam da öyle bir şey oldu ve sökülüp sökülüp un ufak oldu gelecek.

İyi de eksik olan neydi ki?

Sahi, ne olamadım ben?

Ne olmayı başaramadım?

Neyim eksikti demek dahi istemiyorum. Hayır hayır, demeyeceğim.

...

...

...

"Benim neyim eksikti?"

***

Gözlerimin dakikalardır üzerinde asılı kaldığı apartman boşluğu hiç olmadığı kadar soğuk ve sessizdi. Vedalar soğuk olur mu demişti bir şair, halt etmişti. Vedalar dondururdu, vedalar yakardı, vedalar acı veren her eylemi hem sıra sıra, hem de hepsini birden yaşatırdı gidenin ardında kalana. Üşüyordum, sonra donuyor, sonra birden içimde en büyük cehennem yeniden alevlenmişçesine yanıyordum. Vücudumun dakikadan daha az sürede değişen her bir halinden bihaberdi zihnim. Olduğu yerde kalakalmıştı.

Az önce bu kapının önünden esip geçen o sahne gerçek olamazdı. Evet evet, olamazdı. Gidemezdi ki Emre. İnsan on yılını verdiği birini bırakamazdı ki...

Kolay mıydı kalbini evin kabul ettiğin birinden taşınmak?

Oysa o, az önce taşınmıştı. Tüm yaşanmışlıkları, tüm anıları, tüm kıyafetlerini, çok sevdiği CD'lerini, her şeyini bana bırakarak taşınmıştı. Küçücük bir valize kendi ellerimle koyduğum birkaç parça eşya onu iki gün bile idare edemezdi, biliyordum. Ama o, sanki boğazına bir el yapışmış, nefesini kesiyormuşçasına kaçmıştı evinden.

O son bakış ise tüm kelimeleri tüketmişti. Karşılıklı sustuk, bir yandan da karşılıklı konuştuk. Onun gözleri, *Seni kırdığım, üzdüğüm, yarı yolda bıraktığım, daha fazla savaşamadığım, yenildiğim için üzgünüm, aptal adamın tekiyim*, derken; benim gözlerime koca bir hissizlik bulutu gelip oturdu. Boş boş baktım ya da ben boş boş baktığımı sanırken bile delice haykırdım.

Sen busun işte, bu kadarsın. Bu kadar acizsin. Ben öylesine savaşırken, direnirken sen kaçmayı, istediği gibi yaşamayı seçen korkak ve bencil adamın tekisin. Git şimdi... Şundan emin ol, bu kapı sana sonsuza kadar kapandı. Hadi şimdi hoşça kal! Hayır, aslında böyle düşünmüyorum. Gitme, ne olur gitme!

Asansör on ikinci kata çıkana kadar koca bir asır geçti ömrümüzden. O asansör gelene kadar kaç fırtına koptu, kaç şimşek çaktı, kaç yıldırım düştü bilmiyorum. Tek bildiğim birbirinde donup kalan gözler içinden geldiği gibi haykırdı.

Sonra bir ufak ses dağıldı apartman boşluğuna. Gelmesi asırlardır beklenen o müjdenin verilişi gibi bir ışıkla açıldı asansörün kapısı.

Ve gitti...

Asansörün kapanan kapısı bir çağı da kapattı beraberinde ve o gitti.

Kesinlikle koca bir kâbusun içindeydim. Birazdan uyanacaktım ve bunların hiçbiri yaşanmamış olacaktı.

Gözlerim birkaç kez istemsiz kapanıp açıldığında ne olduğum yer değişti ne de hissettiğim acı.

Hayat bazen hayatınızın orta yerine bir bomba atar,
sonra kaçıp saklanırdı. O bombayla baş başa kalırdınız.
O an yapacağınız hamle ya sizi kurtarırdı ya da öldürürdü.
Bu tamamen bundan sonra atacağınız adımla ilgiliydi.

Ben de hayatımın orta yerine düşen bombayla baş başaydım. Patlamış mıydı, yoksa henüz birkaç saniye zamanım var mıydı?

Asansörün kapısına dalan gözlerim o birkaç saniyeyi de oracıkta tüketecek gibiydi.

Oysa daha yeni taşınmamış mıydık içinde birbirimizi bulamayacağımızı bildiğimiz, ama yine de ilk gördüğümüzde *işte bu* dediğimiz bu eve. Yeni bir başlangıç, yeni bir yuva dememiş miydik? Peki o lanet olası hayallerimize ne olmuştu şimdi? Hangi hayalin bir günde değişebileceğini yazmıştı ki tarih? Her şey bir mutluluk oyunundan mı ibaretti? Yoksa kader benimle dalga mı geçiyordu? Belli ki hayat şaşırtmayı, sınamayı, dayanma gücümüzü ölçmeyi seviyordu.

Yutkundum, bir kez daha ve bir kez daha. Boğazımdaki o koca yumru olduğu yerde öylece kaldı. Bir o kapının önündeki soğuk, bir de boğazımdaki o düğümün yeri hiç değişmedi.

Bir adam gitmeye karar verirse, giderdi.
unu değiştirebilecek güce sahip değilse kadın, izin verirdi.
Elinden başka bir şey gelmezdi.

Ben de izin verdim. Güçsüzdüm, yorulmuş, tükenmiştim. Dün gece son kez direnmiştim. Karşılığı "Artık sevmiyorum," olmuştu.

Artık sevmiyorum...

Demek sevmenin de zamanı vardı. Demek insan zamanla sevmekten vazgeçebiliyordu.

Şimşek gibi çaktı beynime bu cümle. Sonra daha önce defalarca kurduğum bir cümle o koca yumruya dönüştü.

"Ben ayrılmak istemiyorum."

Bir daha söylemeyeceğim kesindi. Ben de sustum. En iyi yaptığım şeylerden biri sayılan susma eylemini sonuna kadar kullandım.

Bir kadının susmasından daha kötü ne olabilirdi ki?

Bir kadın umudu kalmadığında susardı, artık hiçbir şeyi değiştiremeyeceğini kabullendiğinde susardı, kısacası yenildiğinde susardı.

Ben de sustum. Olabilmesi mümkün tüm hayallerimi öldürüp, cenazesini bir apartman boşluğunda kaldırıp, sustum.

Çoğu kadının cesaret edemediği bir şeyi yaptım; yalnızlığı kabullenip, hayatımın tüm sorumluluğunu üzerime alıp, başka bir hayatın da mümkün olabileceğine inandım. Oysa yaşım gençti, hayatın karanlık yüzünü hiç görmemiş, hiç zorluk çekmemiştim. "Hayat nasıl?" sorusunun cevabı bende hiçbir zaman "Zor" olmamıştı. Deli dolu yaşamıştık, çalışmış, kazanmış, hakkıyla harcamıştık.

Şimdi ise yeni bir hayat başlıyordu.

Elbette bunları kabullenmek kolay değildi. Ben de kolay kabullenmedim.

Önce Aralık ayının tüm soğuğunu içeriye kabul eden kapıyı kapattım. Şimdi bu koca evde minicik kızımla baş başa kalmıştık.

Henüz bir buçuk yaşındaydı Beren. Aylar sonra bu cesaretim için bir kez daha takdir edecektim kendimi. Ama şimdi içine düştüğüm duygu karmaşasına verebileceğim bir isim yoktu.

Sessizce kapanan kapı içimde binlercesi peş peşe dizilmiş domino taşlarını devirdi sanki.

En büyük yıkımın insanın birini sonsuza dek kaybetmesinden başka bir şey olmadığını da işte o an öğrendim.

Büyük bir enkazın altında sıkışıp kalmıştım, nefes alamıyordum. Vücuduma hep aynı yerden hücum ediyordu acı ve ruhumu parçalara ayıran dev bir kasırgaya dönüşüyordu. Dizlerim yere değdiğinde hissettiğim şey, ruhumun oracıkta vücudumu terk edişinden başka bir şey değildi.

Sonra birbiri ardına sıralanan hıçkırıklar evin sessizliğinde derinleşip kayboldu.

O kadın orada yıkılmıştı, orada gömüldü.

Orada öylece kaldı Bahar. Ruhu çıktı bedeninden, gezindi. Kızını aldı kucağına, sevdi, öptü, saçlarını okşadı. Yatağına götürdü. Şimdi bu yatak, bu ev, bu şehir ikisi için ne kadar da büyüktü. Sonra mutfağa gitti. Emre'nin gitmeden önce saatlerce oturduğu sandalyeye oturdu. Ahşap sandalye hâlâ sıcaktı, geceden kalma konuşulanlar da. Bir kez daha ve bir kez daha beyninde yankılanan cümleleri toparladı, seçti, eledi, ama onlar da masanın orta yerine dökülmüş saçlar kadar gerçekti.

İki eliyle sıkıca ağzını kapattı. Sanki dudaklarının arasından çıkıp kilometreler aşacaktı feryadı. Sıktı kendini, sıktı, ama başaramadı. Öyle bir çığlıktı ki sessiz sessiz mutfağı dolduran, kalbinin duvarlarının yırtıldığını hissetti. Bir adama saçlarını yolduracak ne yapmış olabilirdi? Bıraktı sessizce ağlamayı, coşkun nehirler gibi çağladı. Dur durak bilmeden, durulmadan...

Yanağı masaya değdiğinde gözleri mutfağın büyük pencerelerinden Aralık ayının ilk karını selamladı. Usul usul Galata'nın ışıklarına karışıyordu kar taneleri. Oysa ruhunun karanlığı hiçbir beyazla örtülebilecek gibi değildi. İçindeki tüm ışıklar sönmüş, bedeni sonsuz yalnızlığına çekilmişti.

İnsan zaten özünde sadece kendinden ibaretti. Hayatındaki herkes bir bir evlerine çekildiğinde, yatağını paylaştığı adam arkasını döndüğünde, insana yine sadece ve sadece kendisi kalıyordu.

Bahar da dış kapının arkasında dizlerini göğsüne çekmiş, en güvenli limanına, kendine sığınmıştı. Birazdan gözlerini açtığında yaşayacaklarını, ruhu ondan önce yaşamıştı.

Dakikalarca yanağı masanın soğuk zemininde, Emre'nin saçları avuçlarında boş boş baktı geceyi örten karanlığa.

Derin bir iç çekiş sesi o ruhu oradan aldı, ait olduğu yere savurdu, gözlerini araladı Bahar. Duyulmayan bir ses fısıldadı:

"Cehennemine hoş geldin!"

Gözlerim açıldığında hâlâ aynı yerdeydim. Burada nasıl uyuduğumu ya da uyuyup uyumadığımı bilmiyordum. Beren kollarımın arasındaydı, uyuyakalmıştı. Ona baktığımda bir kez daha yaşadıklarımıza lanet ettim. Bizi düşürdüğü bu hal için çokça küfür ettim Emre'ye. Hem kontrolsüz savurduğum kelimelerden iğrendim hem de sanki söylediklerimi Beren duyacakmış gibi korku kapladı içimi. Sonra yine sustum. "Sus!" dedim kendime, "En iyisi sus!"

Melekler kadar güzeldi yavrum. Kucağıma aldım, kokusunu çektim içime derin derin. Sonra bir kez daha ağladım ve bir kez daha. Durulamadım.

İnsanın içindeki kahraman ölünce hiçbir masal onu avutamazmış, anladım.

***

Beren'i yatağına yatırdıktan sonra film seri çekimde ilerledi. Mutfak masasında bulduğum saçlar, Galata'yı kaplayan kar, salondaki koltuğa yayılan CD'ler, birbiri ardına dönen akrep ve yelkovan, bir türlü gece yarısını bulamayan zaman... Sonra evin matem havasını bozan bir arama sesi...

Bir insan hem terk edip hem ardında bıraktıklarını neden merak ederdi ki?

Merak değilmiş sebebi, telefon açıldığında kulağımdan beynime ulaşıp içimde depremler yaratan ses gittikçe yükseldi. Önce bir şarkı çaldı, sonra bir adam ağladı. Önce "Ben yoruldum hayat" dedi biri, sonra "Canım çok yanıyor" diye ağladı bir başkası.

Evet başkası...

O an ona karşı hissettiğim acımasızlığı başka hiçbir şeye karşı hissetmedim. O öyle hıçkırırken gözüm tezgâhın üzerindeki boş fincana takılıp durdu. Fincan da boştu, söyledikleri de... Geçti belki, çok geçti. Gerçi elleri tutulur bir şey de söylememişti. Şu an canı yanıyordu, yarın yeni bir güne uyandığında belki de bu acıyı hiç hatırlamayacaktı.

Çünkü erkekler her şeye çok çabuk alışırdı.

Ben, "Yapma böyle" dedikçe o daha çok ağladı. Telefon kapandığında içimden bir ses, *Hadi git, kötü bir şey olacak ve sonra sen vicdan azabı çekeceksin, git, bul onu,* dedi. Kayıtsız kalamadım. Bu düşünce içimi kemirip durdu nerede olduğunu öğrenene kadar. Asistanı Asu "Şirkette" dedi.

Taksi gelene kadar üzerimizden geçen kar, yüzüme yerleşen acıyı da kaplasın, sonra karlar eridiğinde başka bir baharda başka bir hayata uyansın istedim güzel günler. Kar ise hep acımı teğet geçti. Ben yandım, o ise üzerime düşmekten kaçtı. O kaçtı, ben daha çok yandım.

Şirkete giden yol boyunca tüm yaşadıklarımız tozlu raflarda yıllanan bir albümün yapraklarını çeviriyormuşum gibi boğazıma takıldı. Öksürdüm, öksürdüm... Koca bir toz bulutu yayıldı ortalığa, boğuldum.

***

Şirketin kapısından girerken içimdeki ürperti her bir hücreme yayıldı. Daha sıkı sarıldım Beren'e. O da minik elleriyle daha sıkı sardı boynumu. Bir an gözlerim güvenlik Ahmet'e takıldı. "Sakinleştiremedik Bahar Hanım" dedi çekinerek.

Baktım sadece, solgun gözlerine sadece baktım ve daha ilk kata ayak basmıştım ki yine o ses doldu kulaklarıma.

Ben yanıldım hayat vurma yüzüme,
Yol verdim sevdanın en delisine,
O yüzden ömrümden giden gidene,
Şu yalnız başımı eğdirme benim.

Yorulmuştuk, yanılmıştık, birbirimizin ömründen geçmiş, işte şimdi yalnız kalmıştık.

Şarkının sesi yükseldikçe kalbimin vuruşları hızlandı. Göreceğim Emre kesinlikle daha önce görmediğim, tanımadığım, bilmediğim bir Emre'ydi. Korkuyordum. Bir adım ileri atarken, iki adım geriliyordum sanki.

Ofisin açık kapısının önünde durdum. Sonra sessizce içeri girip Beren'i yere bıraktım. Müdür odasına girdiğimde daha önce hepsini bir arada görmediğim kadar şişe orta sehpanın üzerini kaplamıştı. Üç saatte nasıl bu kadar içebilirdi bir insan? İçmişti. Eline geçen her şeyi savurmuştu. Darmadağınıktı. Kendi de ofisi de...

İnsanın cinnet anında yaptığı bir şeydi savurmak. Eşyaları, insanları, kelimeleri... En çok da kendini...

Emre de beni görünce savurmayı unuttuğu birkaç kelimeyi bir hamlede boca etti: "Çık dışarı! Sana gelmeni istemiyorum demiştim!"

O an içimde biriken onlarca düşünce farklı farklı köşelere kaçıştı. Onlar kaçıştı, ben öylece çırılçıplak kalakaldım.

Bir kez daha sesi aynı yükseklikte çıkacakken Beren girdi içeri. Heceleye heceleye "Ba-ba" derken Emre'nin içinde çöreklenip kalan acı bir kez daha ortalığa yayıldı. Seslenerek döküldü kırıntılar. Her biri acıyla kıvrana kıvrana döküldü. Beren'i kucağına alıp sarıldı. Oturdu sonra koltuğa, içindeki kalabalık öylece ayakta bekledi. Birazdan büyük bir dalga gibi yüzüme çarpacağından emindim. Çarptı da...

Asu, Beren'i alıp diğer odaya geçti. Emre sırtını yasladığı koltukta dizlerini göğsüne çekip dakikalarca sustu. O sustu, ben sustum. Sonra bir halsiz cümle, kurumuş dudaklarının arasından usulca süzüldü:

"Beni neden sevmedin?"

Sevmemiş miydim? Deli miydi? Daha ne yapmamı bekliyordu? O evinden gidene kadar savaşmamış mıydım? Sonuçta ben de insandım ve o bana artık sevmediğini söylerken her şeyi tüketmişti.

Şimdi onun gözünde sevmeyen bendim, öyle mi? Evet, belki bazı şeyler eksilmişti, ama bu sevmediğim anlamına gelmiyordu. Belki o beni biraz sevse, kalbini biraz hissettirse, yeniden eskisi gibi sevecektim. Ama o da kolayı seçip uzaklaşmıştı. En zor zamanlarımda, anneliğe alışmaya çalıştığım süreçte beni yalnız bırakmıştı. Eksilmiştik. Sonra da tükenmiştik.

Şimdi aramızda ölenlerin cenazesini hangimiz kaldıracaktı?

Söyledikleri kalbimi acıtmadı. İnsan bir gecede nasıl hissizleşebilirse o kadar hissizdim. Sanki kalbim sökülmüş, yerine onlarca kilo ağırlığında taş doldurulmuştu. İçimde bir şeylerin boşaldığı, yerlerinin ise dolmayacağı belliydi. Saatlerdir döktüğüm gözyaşının bir damlası bile damlamadı gözümden. Şarkı defalarca tekrarladı.

Hikâyemizin birlikte yazılan son gecesi böyle mi olmalı diye düşündüm bir an. Boş şişeler, savrulmuş eşyalar, parçalanmış kalpler, suskun bedenler, çağlayan ruhlar, kaldırımları kaplayan kar, içerde bir yerlerde yarım kalan uykusuyla Beren, güçlü bir adamın hıçkırıkları, sürekli tekrarlayan o şarkı...

Emre'nin ayağa fırlayıp kolumdan tutmasıyla irkildim. Sehpadaki anahtarı aldı. Beren'i kucakladı. Sonraki konuşmalar silikleşti, uğultu halinde koridorda yankılandı. Şirketin giriş kapısı çarptı. Arabanın kapıları kitlendi. Karla kaplı ön cam bir anda temizlendi, Asu ve Ahmet'in korku dolu gözleri o cama kazındı.

Araba park alanından çıktığında beyaz güçlü bir ışık tüm beynimi ele geçirdi. Büyük harflerle yazılmış bir "SON" yazısı gözlerimin önünde geçip kayboldu.

***

Günlerce sustum. O gece hayatımın son gecesi olmadığı için defalarca şükrettim Yaradan'a. O beyaz ışığı ise hiç unutmadım. Bir de sağ elim titreyip durdu, hep sakladım.

İnsan büyük sorunlarla baş etmeye çalışırken ya yalnız kalmak istiyordu ya da yanında ayakta durmasına yardım edebilecek birilerinin olmasını... Ben kimseye bir şey söylemedim. Kimseyle görüşmedim. Sanki bu koca şehir sadece Beren'le ikimizden ibaretti. Ölümüne yalnızlığa terk edilenler gibiydik. Bunu düşündüğüm her an bir kez daha buraya taşınma kararı verdiğimiz güne küfrettim. Bu evde bize iyi gelmeyen bir şey olduğu gibi bir düşünceye de kapılmama engel olamadı hiçbir felsefe.

Ben hep olanların faturasını bu eve yüklesem de içimde kısık sesiyle biri gerçekleri haykırıp durdu. Bir yılı aşkın zamandır fısıldadıklarını bu sefer gittikçe yükselen sesiyle tekrarladı. Emre'nin zaten böyle devam ederse bir gün gideceğini, benim artık kendini toplamam gerektiğini, evime, eşime, çocuğuma karşı daha ilgili olmam gerektiğini defalarca söylediğini yinelerken savunmaya geçtim istemeden. Emre'nin de ilgili bir eş, iyi bir baba olamadığını, beni de zaten yeterince sevmediğini, gözlerinin içinin parlamadığını, sesinin gülmediğini, böyle bir erkeğe bir kadının daha ne kadar fedakârlık edebileceğini sordum o sese. Ses isteseydim savaşabileceğimi söylerken öfkelendim. "Vazgeçtim" dedim. "Çünkü ikimiz de sevilmek istedik. Ben ondan beni sevmesini beklerken o da benim onu sevmemi bekledi ve beklediğimiz o mucize hiç gerçekleşmedi işte" diyerek içimdeki sese kulaklarımı kapattım.

Vazgeçen bendim. Emre'yi başka bir kadına bırakabilmiştim. Gerçekleri görmezden gelmenin her şeyi unutturabileceğine inanmak gibi bir salaklık etmiştim. Oysa bu inanç, o küçük felaketin haykıra haykıra gelmesinden başka bir işe yaramamıştı.

Hissetmiştim, Emre'nin hayatına giren biri vardı. Emre'ye açık açık onu sormuştum, ama her seferinde saçmaladığımı, kurduğumu söylemişti. Oysa o kadar çok ipucu çıkmıştı ki karşıma, onları toplasam zaten koca bir yanıt etmeye yetiyordu, ama ben kurduğum düşüncesine inandım. Saflık ettim. Halbuki kurmuyordum. Bende diğer insanlarda o kadar da iyi işlemeyen bir sistem, daha iyi çalışıyordu; altıncı his... Emre'nin göremediği şey belki de buydu.

Peki ya o kadın, Emre'yi nasıl sevmişti ki Emre bana onu sevmediğimi iddia edebilmişti? Bende bulamadığı neyi bulmuştu onda? Biraz daha düşünsem neredeyse kendime "Benim neyim eksikti?" diye soracaktım. Sormadım. Çünkü artı eksi meselesi değildi bu, daha çok kalple ilgiliydi.

Birinin varlığını kalbinde hissetmediğinde biterdi. Uzatmak gereksizdi. Belki de gereksizden öte, işkenceydi.

Bu işkenceyi bir yıldır çektiğimizi hatırlayınca Emre'nin kararının aslında bir cesaret işi olduğunu kendime itiraf ettim. Emre, yaşayabileceğimiz her durumu değerlendirmiş, ölçmüş biçmiş ve verilmesi en zor kararı vererek ikimizi de bu işkenceden kurtarmıştı.

Emre'yi yaşadıklarımızdan sorumlu tutarken aslında gerçeği hep kendime saklıyor olmak içimdeki azabı artırıyordu. Birden onun sırtına yüklediğim bu yükün altında kendim ezilmem gerektiğini düşünmeden edemedim.

Bu koca evde birkaç hafta öldürdüm. Birkaç yalnız hafta...

Sonra birkaç kitap...

Yetmedi birkaç hatıra...

Yine yetmedi. En son da bu şehri öldürdüm.

Ve bitti.

Koca bir İstanbul böylelikle hatıralarımdan silinecek, temizlenecekti defterim.

Eşyalarımı toplamak için şirkete gittiğimde, Emre'nin evi terk ettiği gün beni aradığında düşündüğüm şeyin ispatı gibiydi odasından yükselen kahkahaları. Acısı dinmiş, o gün kabarıp kıyılarını vuran dalgalar durulmuştu. Alışmıştı.

"*Alışmak*" denen eylemi bu kadar çabuk benimseyebiliyorsa insan, bu süreç kesinlikle bende yanlış çalışıyordu. Alışamamıştım. Henüz hiçbir şeye alışamamıştım.

O ise eskiden olduğu gibi, belki de daha iyi, daha mutlu yaşamaya devam ediyordu.

O an yine içimde kabarıp bedenime sığmaz hale gelen öfkenin esiri oldum. Ben, yaşadıklarımız için Emre'nin günah keçisi olmasına gönlü razı olmayan ben, birden onun bu mutlu haline tahammül edemedim. Kızdım... O kadar kızdım ki kulaklarım o kahkahaları bir kez daha duymaya tahammül edemezdi.

Oradan kaçmak istedim. Onun olduğu, onu hatırlatan her yerden...

Sonrası biraz bulanık, fazlaca noktalı...

Kutuya toplanan eşyalar, son kez göz gezdirilen ofis, bembeyaz koridorun en sonunda umuda açan çiçeklerin yeşilliği, asansörün yanıp sönen çağrı düğmesi...

Defalarca yukarı çıkıp aşağı inen asansör katta durduğunda ruhu bedenimden ayrılan vücudumu alsın, başka bir hayata bıraksın istedim. Olmadı.

Üzerime sarınan ayaz, gözyaşlarımı yalayıp geçen rüzgâr, yüzlercesi art arda konan adımlar... Hiçbiri o gün yaşadığım acıyı ve hissettiğim öfkeyi bir yere gizlemeye yetmedi.

Doldum doldum, taştım. Taştıkça içimdeki o anlamsız boşluk daha da büyüdü.

İnsan içinde bir yerlerde sürekli genişleyen bir boşluk olduğunda, dalından kopan bir sonbahar yaprağı gibi savrulurmuş, anladım.

Ben de savruldum. İzmir'e kadar...

Bir güne sığdı tüm eşyaların kutulanması. Hatıralar, hatırlanmak istenmeyen o anlar, hepsi o evde kaldı.

Hangi ceza hatırlanmamaktan daha ağır olabilirdi ki?

Ben de unutmak istedim. "*Affetmek ve unutmak iyi insanların intikamıdır*" demişti Schiller. Öyleyse ben de intikamımı böyle alacaktım. Her şeyi unutmaya kararlıydım. Bir ben, bir de henüz hiçbir şeyden haberi olmayan Beren için... İkimiz için yepyeni bir hayat başlamalıydı. Öyle temiz bir sayfa açılmalıydı ki hayatımıza, doludizgin mutlu olmalıydık.

Tabii bu fikir içime yerleşene kadar defalarca düştüm, zaten yara almış dizlerimi her seferinde daha hızlı çarptım. Her şeyimi kaybetmiş gibiydim. Eşimi, işimi, kariyerimi, arkadaşlarımı, yaşadığım şehri, mutluluğumu, güzel günlere olan inancımı, güvenimi, her şeyimi... Hepsinin ise tek bir suçlusu vardı, Emre... Kendimi ne zaman kötü hissetsem öfkemin postalanacağı adres hep belliydi. Önce bir süre ona saydırdım, olmadı. Sonra dönüp kendime kızmaya başladım. Ne de olsa Emre'nin bana bunları yaşatmasına ben izin verdim diye kendimi yiyip durdum.

İnsan, en güvendiğinden hiç beklemediği bir anda yara alınca affedemediği yine kendisi oluyormuş, böylelikle öğrendim.

Defalarca kızdım kendime. Defalarca hesaplaştım, defalarca yüzleştim. Sonra da Schiller'in yolundan gitmeye, affetmeye karar verdim.

Ama önce kendimi...

Son kez boş eve bakıp anahtarı çevirdim. Yükselen kilit sesiyle içimde kurulan onlarca cümle vardı, hiçbirini dillendiremedim. *Seni affediyorum*, demeyi çok istedim, ama diyemedim. Nasılsa birazdan göğe doğru yükselip tüm ağırlığımızdan kurtulacağız diye ümit ettim.

***

Gözlerim hafif güneşli bir sabaha aralandı. Henüz takılmayan perdelere ilk kez küfretmeden doğruldum yataktan. İçimde tükenen o şey her neyse, geri dönmüş olsa gerekti.

Kutular takıldı gözüme, hâlâ ilk günkü yerlerinde duruyorlardı. Annem birkaç kez gelip yerleştirmek istemişti, ama şu an onun yapacağı en büyük iyilik Beren ile ilgilenmekti.

İzmir'e taşınmamın üzerinden kaç gün geçtiğini bilmeden günlerce uyumuştum, ama sonunda istediğim o huzura kavuşmuştum.

İçimdeki sevinç beni terasa kadar sürükledi. Buraya geldiğim o ilk gün Beren'i anneme bıraktıktan sonra buraya gelip eşyaların eve taşınmasını donuk gözlerle izlemiştim. O gün bu terastan gördüğüm her şey koca bir kiremit yığıntısından ibaretti.

Aklımda dolanıp duran, sonra yönünü şaşırıp o yana bu yana çarpan sorular gittikçe artıyordu. Bir kaçış mıydı yaptığım, yoksa yeni bir başlangıç mı? Yaşayacaklarımdan, sorumluluklarımdan, yeni hayatımdan, her şeyden korkuyordum. Hem de deli gibi... Hem korkuyor, hem de cesurca adım atıyor olabilmenin tezatlığının bende beden bulmasına hayret ediyordum. Bir günde yeni bir hayata taşınmış, her şeye yeniden başlamak adına gerekli olan o adımı atmıştım. Tüm korkularımın içinde beni ayakta tutan tek şey ise yaşanacak güzel günlere olan inancımdı.

Yaşadığım her acıyı, yaşayacağımız güzel günlere olan inancım karşılayacak ve sonunda her şeyin üstesinden gelmeyi başaracaktım.

Başardım da...

O gün ilk iş Beren'i annemden aldım. Sonra yavaş yavaş evimi yerleştirdim, öyle acele de etmedim. Varsın her güne bir kutu açalım deyip geçtim. Annemden birkaç saksı sardunya getirmesini rica ettim. Hani bahar geldiğinde boş kalmasın pencere önlerim diye daha önce hiç heves etmediğim çiçek işine giriştim.

Hiç bahsetmedim ama bu süreçte Emre'yle de görüştük birkaç kez. Belki o da bendeki garipliği fark edenlerdendir, bilemiyorum.

Ama ilki o olmadı. Önce annem oldu yine ruhumdaki kıpırtıyı fark eden. Kendimi affettiğim gerçeğini kendime saklayıp "Bahardandır" dedim. "Bahardan..."

Her insanın yeniden doğduğu mevsimler vardır. Benimki bahara denk geldi. Yeniden yeşerdik, filizlendik, çiçek açtık. Bir daha sonbahar yaşamamayı umut ettik.

“

Hayatımız,
kapıları hiç kapanmayan
bir han gibiydi.
Geldiler, kaldılar ve gittiler...
Onlar gitti ve biz hep
kaybettiğimizi sandık.
Ne de olsa birileri iznimiz dışında
hayatımızdan gidiyorsa bundan daha
büyük bir yenilgi yoktu.
Oysa gidenlerin ardında bıraktığı
yıkıntıdan çıkmayı başarabilenler
şunu çok iyi bilirler:
İyiler kaybetmez, kaybedilir.

”

“

Aşk, her yerde ve
her koşulda
hissettiklerinin
arkasında duran
bir kalpte
büyüyebilir ancak.

”

Hayat, Her Kaybın Acısını Unutturmayı Bilir

Senin de hayatından gittiği anda öleceğini sanacak kadar sevdiğin biri oldu mu?

O olmayınca gökyüzünün maviliğini kaybedeceğini, tüm şarkıların anlamını yitireceğini, bir daha onun kadar sevemeyeceğini düşündüğün biri...

Diyorum ki içinde çiçekler açtırıp sonra o çiçekleri acımasızca yok eden birini sevmek gibi bir hataya düştün mü hiç?

Her insan mutlaka hayatında bir kişiyi bu kadar sever.

Ben de sevdim.

İçimde yüzlerce çiçeğin bir araya gelip oluşturduğu o bahçenin bir vedayla solabileceğini bilmeden sevdim.

Halbuki insan, o bahçe solduğunda en çok da kendine kızıyormuş, böylelikle öğrendim.

Çiçeklerini umutla yeşertip sevgiyle suladığı bir bahçenin biri tarafından talan edilebileceğini düşünemiyordu insan.

Ben de düşünemedim.

Kalbim, çiçekleri itina ile ezilmiş boş bir araziye döndüğünde henüz çok geçmemişti gidişinin üzerinden.

Çiçeksiz bir hayat ne kadar mümkündü?

Çıplaktım. Tüm yapraklarım dökülmüştü. En az kalbim kadar güçsüz ve kırılgandım. Günlerce uyuyabilir, ağlayabilir, kendimi eve kapatabilirdim. Canımın acısı tüm umutlarımı kaplamaya yeten bir toz bulutu gibiydi. Önüne gelen ne varsa yutuyordu.

Yani diyeceğim bana kalan o boş arazinin yeni tohumlar ekip yeni çiçekler yetiştirmek için bir fırsat olduğunu kabullenmem zaman aldı. İnsan alıştığı şeylerden kolay vazgeçemiyordu.

Her sabah soluna dönüp günaydın diyemiyordun artık; ya da masaya bir tabak eksik koyacağını her seferinde unutup gittiğini hatırlıyordun. Ama sonra alışıyordun.

Ben de onlarca kez sol yanıma günaydın diyerek uyandıktan sonra alıştım. Her gün kahvemi yalnız içtim. Üşüdüğümde omzuma konacak şalı özledim bir de. Sonra kabullendim.

Bazı acılar ne kadar çabuk kabullenilirse o kadar erken kalkıyordun düştüğün yerden. Ben de kalktım.

Artık yeniden başlama zamanıydı. Kalbimdeki o çorak araziyi tekrar yeşertme zamanıydı. Yeni tohumlar, yeni umutlar, yeni çiçekler, yeni bir hayat...

Sahi yeni bir hayat mümkün müydü?

Elbette mümkündü.

Ne de olsa hayat, her kaybın acısını unutturmayı bilirdi.

"Her kaybediş, yeniden kazanmak için bir fırsattır."

Kaybetmek, Son Değil; Yeni Bir Başlangıç

Bazen bazı kitaplara dokunamam. Sanki sayfalarda yazarın kırıklarına dokunacakmışım gibi gelir. Bir zamanlar sızlayan bir yarasına dokunup kaçacakmışım ve hep o vicdan azabıyla yaşayacakmışım gibi...

Garip...

Bugün defalarca dokunup bir iki cümle okuyup bıraktığım kitabı bitirdim ve anladım aslında neden o yaralara dokunamadığımı. *Çünkü insan bazı kitaplarda acısını bulur. Dokunsa yarası deşilecek sanır.* Canının yanacağını bilirsin ve kaçmak, o en güvenli limana sığınmak gibi gelir. Öyle bir his işte...

Sonra döndüm bir iki satır karaladım. "Güzel kaybedenlere" deyip... "Hep kaybedenlere" deyip...

Gidenlerin ardında bıraktığı döküntüden yeniden doğan Anka kuşunu düşündüm. Kaybettik sandıklarımızın kırılan dallarımıza güç verişini... Hani bir kez daha biri kırmaya çalışacak olsa, köklerini derinlere salmış o ağacın "Başaramayacaksınız" deyişini düşündüm. "Kaybettik" derken umut sıkıştırdığımız "Belki bir gün"leri...

Ve kabullendim.

Kaybetmek, son değil; yeni bir başlangıç ve bugün yeni bir gün…

O adam birazdan yüzlerce kalpte var olduğunun bilinciyle başını yastığa koyacak. Bir sayfayı daha kapatacak. Belki rutin içinde yine yalnızlığını sevecek ve yazacak.

Bizler...

Hayatın tüm yükünü sırtlanıp öyle güçlenenler, yaralarımızdan esip geçen birkaç saniyelik cümlelerle anılarımızda gezineceğiz yine.

Şimdi bir hayal kur kendine.

İyiye, güzele... Yaşanmaya değer her ne varsa ona dair bir şeyler mırıldan ve *unutma; her kaybediş, yeniden kazanmak için bir fırsattır aslında.*

“

Biri gider sen onun gidişiyle bir şehri kaybedersin. O ölünce o şehirde yaşayan her şey ölmüş gibi hissedersin.
O ölür; o şehirdeki tüm ağaçlar sararır, tüm çiçekler solar. Ufuk çizgisi silikleşir, o şehirde yaşayan herkes bir bir ölür.
Anılar, o şehre yazılmış şiirler, her şey ölür de sen öyle yapayalnız kalırsın.
Bu; hayatın, her gidenin ardından yeniden ayağa kalkmanı, her yokluktan yeniden doğmanı sağlama şeklidir.
Yoksa insan başka türlü yaşayamaz kalp ağrılarıyla. Siler, silinir, yeniden başlarsın.
Hiçbir zaman kolay olmamıştır, olmaz da.
Zamanı gelir, tekrar ayağa kalkarsın.
Sonra yeni yeni insanlar taşınır etrafına, zamanında yalnız yürüdüğün yollar kalabalıklaşır. Hayat, elini tutmaktan vazgeçmediğini işte böyle gösterir.

”

İyiler Kaybetmez, Kaybedilir

İnsan bazı acılara alışıyor mu yoksa alışmaktan başka çaresi olmadığını bildiğinden mi hissizleşiyor, emin değilim. Ama bir gerçek var ki canını acıtan şey her ne ise bir kez daha yaşanmaması için örebileceği en sağlam duvar örüyor.

Benimse inşaatçılığım zayıftır. Her zaman duvar örme konusunda başarısız oldum. Belki de *her seferinde yeniden güvenmeyi ve inanmayı seçtim* de diyebiliriz.

İnsanlara, duygulara, olaylara...
Yani kısaca hayata inanmayı ve güvenmeyi seçmek;
daha en baştan kaybetme ihtimalini göze alma cesareti
göstermek demektir aslında.

Ben de gösterdim.

Gidebilme, vazgeçebilme ihtimali hep cebinde olmalıymış insanın. Benim yoktu. Çıktığım yolun dönüşü yokmuş gibi çabalayıp durdum hep.

Oysa hayat bir sınavsa, başarısız olmak da vardı. Ben bunu hiç kabullenemedim. Önceleri her kaybedişimde günlerce kendimle hesaplaştım. Suçu hep kendimde aradım.

Kabullenişlerim hep zaman aldı.

Yaşarken kaybetmek denen kavramı böyle tecrübe ettim. Ne yaşanırsa yaşansın, yeryüzünde bir yerlerde yaşadığını bilmek gibi bir lüksü varmış insanın, kaybettiklerimin boyutu değişince öğrendim.

İnsanın en hazırlıksız olduğu anda ördüğü bütün duvarları aşıp hayatının orta yerine oturuveren bir gerçek var; ölüm... Ve bu öyle bir şey ki tekrar yaşanmasını engelleyemiyorsun. Hayatın bazen çiçek açarken bazen yaprak döküyor ve yaşın kaç olursa olsun o sonbaharı yaşıyorsun.

Hayat *kaybetmek* kavramını anlayana kadar sınamaya devam ediyor.

Ben de kaybettiklerimden ya da kaybettiğimi düşündüklerimden bana kalan tecrübelerle olgunlaştım. Her biri eksik bir parçamı tamamladı ve gitti. Aslında kaybeden olmadığımı da böyle anladım.

Öğrendim sadece... Her birinden bir şeyler öğrendim. Belki denedim, yanıldım, ama kazandıklarım hep daha fazla oldu.

Bir de nedense gidenleri anımsadığımda hep Peyami Safa'nın bir sözü geliyor aklıma ve o söz her seferinde derin bir sessizliği de beraberinde getiriyor.

"İyiler kaybetmez, kaybedilir."

Biz de hiç kaybetmedik, hep kaybedildik...

Susmak, En Güvenli Sığınağıdır İnsanın

Söyleyecek çok şey vardır, ama susarsın. Çünkü *susmak, en güvenli sığınağıdır insanın*, bilirsin.

Konuştuğunda boğazındaki düğüm yer değiştirecek ve canın yanacak diye korkarsın, sessizleşirsin.

Peki susmak, sadece sessizlikten mi ibarettir? Yoksa sustuğunu sanırken ölüyor mudur insan?

Çelişkili sorular türetmekten vazgeçiyorum.

Susuyorum. Öyle sessizce, ama bağıra bağıra...

Belki de ölüyorum, bilmiyorum.

Ne canım yanıyor, ne ruhum firar... Öyle, hiç olmadığı kadar yerli yerinde hissizliğim.

Kaybediyorum...

Gözlerimi kapattığımda anımsayamıyorum içimdeki çocuğu. Bir bir öteleniyor ruhumun çatlaklarını onaracağım günler...

Bir hayal kuruyorum sonra. Hani şöyle gözlerimin gün ışığıyla kamaştığı huzur dolu bir deniz kenarı... Sen ve ben... "Güzel günlere..." deyip çarpışıyor içimizden tuttuğumuz dilekler.

Başka başka yollara savruluyoruz sonra. *İnsanlar gitmemek için gelmezler çünkü. Sen istemesen de giderler.* Oysa ben, bir varmış bir yokmuşlarım çoğalsın istemiyorum.

Nefesimi tutsam durur mu zaman?

Durmuyor işte...

Bu öykünün bir sonu olmayacak, biliyorum.

Ve ben...

Kaybediyorum...

“

*Süper kahraman
olarak doğmuyor hiç
kimse. İlk düşüşün bir
kez daha düştüğünde
dizlerinde nasıl bir acı
hissedeceğini öğretiyor.
Bu yüzden sonraki acılar
tanıdık geliyor.*

”

"Karanlık,
içimizdekileri gizlemesi için bize sunulan bir lütuftur."

Ne Mutlu

Pencereden saçlarıma kadar ulaşan güneş ile uyandım bu sabah. Yine birkaç martının evimin kimsesizliğinde uzayan sesi ve zamanın bir yerinde takılıp kalan saatin sessizliği... Ne tezat!

Gözkapaklarım aralanmıyor bir türlü. Yokluğuyla bir kez daha yüzleşmeye halim yok. Karanlık güzel, karanlık canımı yakmayan tek şey...

Karanlıkta yalnızlığını fark edemiyor insan.

Senin de böyle hissettiğin zamanlar oluyor mu? Hani bir sağına, bir soluna dönüp ne yanına dönsen onu unutamayacağını bildiğin ve bu yüzden hiç uyanmak istemediğin zamanlar...

Benim oluyor, itiraf ediyorum.

Bir girdabın içine düşüyorum o an. Etrafımda dönen her şey bir figüran... Boşlukta salınan toz zerreciklerinden ibaret dünya ve biz... Dönüyoruz... Uzayan boşlukta birazdan savrulup kaybolacağız ve bir daha karşılaşmamak üzere ayrı hikâyelerin kahramanı olacağız, biliyorum. Ama yine de her seferinde o rüzgâra kapılmaktan alamıyorum kendimi.

Sonra aydınlık... Acımazsızca gerçeği yüzüne vurabilen tek şey...

Belki de ışığa ihtiyacımız hep bundan.

Çıplak ayaklarım soğuk zeminle bütünleşiyor. Birkaç adım sonra masmavi gökyüzünün büyüsüne bırakıyorum kendimi. "Bir şehir ancak bu kadar güzel olabilir" diyorum. Uzaklarda bir çizgi gibi ufuklar... Birkaç yelkenli ve şehrin sokaklara dağılan yalnızlığı...

"Ne mutlu" diyorum kendi kendime. "*Yalnızlık sadece benim hikâyeme yazılmış bir zorunluluk hali değil.*"

"*Ne mutlu...*"

Yokluğun Sevgili, Son Bir Nefes Gibi

Buharlaşan sevgilere yazılmış mektuplara imrenirdim hep. Yaşadıkları o aşkın gücüyle aşamayacakları zorluk olmadığına inanırdım. O zamanlar kendi hikâyemin de bir gün biteceğini ve ardından onlarca sahipsiz mektup yazacağımı bilmiyordum tabii. Tek taraflı sarf edilen çabanın da hiçbir manası olmadığını henüz tecrübe etmemiştim.

Ben sonsuz oluşları sevmiştim. Oysa nokta dedikleri cümleleri hükümsüz kılarmış, sonradan öğrendim. Bir nokta koyduğunda koca bir hikâyeyi bitirebilirmişsin. Bir nokta ve sonra koca bir boşluk... Sevmedim, hikâyemize koyduğumuz noktadan sonraki yokluğu sevemedim.

Elimde kocaman bir kutuyla yalnız yürüdüğüm o uzun yolu hatırlıyorum. Ellerimdeki yaşanmışlıklar mı ağır geliyordu, yoksa hayallerimin bir kutuya gömülmüş olması mı bilmiyorum. Sanki yokluk beni kendine çekiyordu. Dizlerim toprağa değerken canımın acısını bastırıyordu gittiğini bilmek. Yere saçılmış kâğıtlar ve ufak tefek hatıralar... Her biri birbirinden dağınıktı. Düşüncelerim ise gözyaşlarımın esiri... Bitmişti. Filmlerde izlediğim o son, bizim masalımıza da böyle işlenmişti.

Bir masala ne kadar yakışabilirdi ki böyle bir son? Yakışmamıştı. *Bazı masalların sonu umulduğu gibi olmuyormuş*, anlamıştım.

Şimdi o anı hatırladığımda yine yapraklar uçuşuyor üzerimde. Rüzgâr saçlarımdan öpüyor onun gibi. Birazdan gün battığında yine bir yıldız daha tutacağım.

"Bu kaçıncı yıldız, kaçıncı dilek?" diye soruyorum arada kendime. Saymadım hiç.

Ne yıldızlarımı, ne mektuplarımı... Saymadım.

İşte parlıyor yine.

Geceye bir cümle bırakıp gidiyorum.

"Yokluğun sevgili,

Son bir nefes gibi..."

“

Önce unuttuğunu sanacaksın,
ama o şarkı mutlaka çalacak ve
kendini kandırdığını anlayacaksın.
Çünkü insan evini asla unutmaz.

”

İnsan Evini Asla Unutmaz

Duyguların yakıştığı mevsimler vardır. Mesela aşk daha çok ilkbahara, ayrılık kışa yakışır.

Bazı vedaların ise kışta yaşanması gerekmez. Birkaç kelime o kara kışı bir anda getiriverir. Üşürsün, titrersin. Dünyanın tüm kışı sadece senin bedenini sarıyormuş gibi hissedersin. *Aslında kış değildir gelen, evin kabul ettiğin birinin kalbinden taşınma vaktidir.*

Oysa insan en çok vedalardan korkar. O ayrılık sözcüklerini duymamak için asırlarca sessizliğe mahkûm edilmeyi bile göze alır. Ama bilmez ki *gitmeyi aklına koyan er ya da geç gidecektir. Eşyalarını toplama vaktin gelmiştir.*

Bir insan o çok sevdiğinin kalbinden nasıl taşınır?
Hangi yaşanmışlığı hangi kutuya sığdırır?
Ya da anıları saklayabilecek bir yer var mıdır?

Aklında dönüp duran onlarca soruyla ayrılık gerçeğini kucaklarsın. Hani yıllarca aynı şehirde yaşayıp bir gün gitmek zorunda kalmanın insanın içini titreten bir acısı vardır ya, öyle bir his yayılır vücuduna. Üzgün, kırgın koyarsın her bir adımı ötekinin önüne, gidersin. Bavulunda tüm yaşanmışlıklar... Unutmaya çalışırsın.

Kolay mıdır, kalbini evin kabul ettiğin birini unutmak?

Her giden ya da hayatından birileri giden herkes bilir bunu. Kolay olmaz üzerinde kokusunu bırakmış birini unutmak. Bir rüzgâr eser, bir şarkı çalar, ansızın aklına düşer. Unutamazsın.

Ben de unutamadım. Taşındığım hiçbir şehri, hiçbir sokağı, hiçbir kalbi...

Oysa unutkanım ben. Kalbimi koruyamayacağımı düşündüğüm acıları kitaplığımın adına "unutmak" denen rafına yerleştiriveririm hemen.

Bugünlerde ise bir şarkı çalar da aklıma gelmez diye çok korkuyorum. Çünkü unutmak, geçmişsiz kalmak gibi, her duygunu kaybetmek gibi, hissizleşmek gibi... Ağır ve korkutucu...

İnsan olgunlaştıkça unutmak denen eylemi
ne kadar yanlış anladığını fark ediyormuş.
Sen de fark edeceksin. Önce unuttuğunu sanacaksın,
ama o şarkı mutlaka çalacak ve kendini kandırdığını anlayacaksın.
Çünkü insan evini asla unutmaz.

"Şimdi sorsan bana, kanatlarım kalbime batıyor, o kadar..."

Bulutlarda Taşınan Hayaller

Küçükken bulutların uzaklara taşındığını düşünürdüm. Benim şehrimden kalkar, uzun yollar aşar, başka şehirlere giderlerdi sanki. Sevinirdim. Türlü türlü hayaller yüklerdim onlara. Benzettiğim şekilleri başkaları da görsün, hayallerime ortak olsunlar isterdim.

O zamanlar hayatın durağan olmadığını, gelip geçtiğimizi düşünememişim.

Zaman geçti. Ne kurduğum hayaller başkalarına ulaştı, ne de bulutlar taşınmaya devam etti. Durdular... Hayallerim olduğu yerde öylece asılı kaldılar.

Bulutların durmadığını, büyüdüğümü idrak etmem ise zaman aldı.

İnsan büyüdüğünde çocukluğunu anlamlı kılan küçük oyunları unutuyormuş.

Unutmamış olsam belki bugün aynı bulutlara bakarak hayal kurduğumuzu düşünebilirdim. Oysa bulutları izlemeyi unutmuşum ben. Hüzün denen grimsi kütleyi sarınmışım. Maviler hep uzakta kalmış. Her an yağacakmış gibi durmam da ondanmış. Huzur için ise mavi şartmış! Zamanla anladım.

Bugün başka bir maviye takılıyor gözlerim. Uzaklarda ince bir çizgi gibi görünen ufuklara...

Umut etmeyi öğreniyorum yeniden. Umudun, rüzgârdan yara almış kanatlarıma nasıl iyi geldiğini bir de...

Sen de öğreneceksin. Yaşadığın hiçbir kırgınlık kalbini olduğu gibi paramparça bırakmayacak. Geçecek. İyileşecek kalbinde ince bir sızı bırakan o yara. Sonra tekrar bulutlara hayaller yüklemeyi öğreneceksin. *Belki kurduğun o hayal birinin kalbine konacak ve o kalp sana iyi gelecek. Yeniden seveceksin.*

"Mavi pencereler umuttur derlerdi, boyadık..."

Umut, En Güzel Kelimedir

Ne zaman mavi pencereler görsem hep aynı şeyi düşünürüm. Sanki o evde yaşayanlar umutlarını hep mavilerin ardına saklıyorlarmış gibi gelir. *Hani bir hayal kurmuşlar, hiç gerçekleşmemiş, ama onlar umut etmekten vazgeçmemişler gibi.*

Sonra aklımda kurduğum bu kareye gülümserim. Çünkü bana hep o çok bilindik mutlu aile tablosunu anımsatır. Hani birkaç çocuğun yüzlerine çizgilenen büyük tebessümle anne babasıyla aynı yatağı paylaştığı resmi...

Yarı çıplakken bile huzurla uykuya dalabilen yoksul ama umut dolu çocuklardır onlar. Oynayabileceği tek bir oyuncağı olan, ama yüzündeki gülücükler hiç solmayan çocuklar... Onların sahip oldukları o tek oyuncak, bizim sahip olduğumuz onlarca imkân ve huzursuzluğumuz hep o en büyük soruya dönüşür. Acaba bizde eksik olan umut, o çocuklara kat ve kat fazla verilmiş olabilir mi?

Olamaz değil mi?

Evet, olamaz.

Peki biz ne zaman kaybettik mavimizi?

En güzel hikâyelerin içinde hep mavi varken biz neden siyahı daha çok sevdik?

Oysa çocukken ne kadar güzeldi hayal kurmak. Hava biraz soğudu mu pencerenin yarısını kaplayan buğuda çıkardık en gizemli yolculuklara. Pencerede beliren şekiller parmak uçlarımızın üşüdüğünü unutturudu. Bense çizdiklerimin dışarıdan nasıl göründüğünü merak ederdim hep. Anlatmak istediğim ile anlatabildiğimin aynı şey olup olmadığını...

Kimse sormadı. Ben de bir süre sonra hayallerimi pencerenin buğusunda öldürmekten vazgeçtim. Başka bir yolu olmalıydı umuda yelken açmanın. İşte böyle keşfettim yazmayı... Kelimelerim binlercesinin kalbine erişsin, orada bir yerlerde yuva edinsin istedim.

Zaman geçti, büyümek denen fiilin içinde türlü acılara maruz bırakıldık belki. Belki kimimiz çok kırıldı, çok hırpalandı. Ama bir şey var ki o hep içimizde filizlenmeye devam etti. *Gelecek güzel günlere olan inancımız hiç tükenmedi.*

Ne de olsa umut,
hayatın bize armağan ettiği
en güzel kelime değil miydi?

Bir Melodi Duyarsın

Yıllar geçeli, minik ruhun büyüyeli çok oldu, değil mi? Anılar da eskidi zamanla her şeyin eskidiği gibi...

Bazen tam da yitip giden her şeyin bir zamanlar var olduğunu bile unutmuşken, yılların eskitemediği bir melodi kulaklarına dokunur.

Anı defterinin yaprakları arasında nerede olduğunu hatırlamadığın çocukluk hatıraların bir bir zihninin film şeridindeki yerini alır. Önce paytak paytak yürümeye çalışıp sürekli takıldığın halılar, yarım yamalak söylemeye çalıştığın kelimelere sevinen anne ve baban, sonra henüz ne anlama geldiğini kavrayamadığın ilk kardeş heyecanı...

Yılların yorulmadan önüne farklı tecrübeler sereceği bir hayatın başındasındır. Her şey ne kadar da masum ve sevimlidir halbuki.

Evinin önündeki o minik bahçede arkadaşlarınla oynadığın oyunların da tadını bir daha bulamayacağın zamanların gelmesi yakındır. Akrep yelkovanın aşkına yandıkça dönen bu çark, seni ve senli her şeyi büyütmeye, eskitmeye mahkûmdur. Zaman makinesinin dümeni ele geçmiştir. Boyun uzar, oynadığın oyunlar değişir. Büyümüşsündür artık. Çocukluğundan hatıra kalan tüm değerli anıları bir kutuya toplama vakti gelmiştir.

Ne garip değil mi?
Kimimiz çok çabuk büyüdük,
kimimiz de içindeki çocuğu
hep bir yerlerde sakladı.
Ne zaman çocuk olası gelse,
o görünmez çocuk hep etrafımızda oynadı.

“

Sen de biliyorsun aslında,
içinde bir yerlerde saklanan
küçük çocuk hiç büyümedi,
geçti sandıkların hiç geçmedi.

”

Geçti Sandıkların Hiç Geçmemiş

Zaman, ne kadar da çabuk geçiyormuş; tam her şey unutulmaya, tozlu raflara kaldırılmaya yüz tutmuşken, ansızın esen bir rüzgâr, çocukluğundan bir parçanı kurumuş yapraklar gibi uçurup pencere kenarına kondurduğunda anlıyorsun aslında, içinde bir yerlere saklanan küçük çocuk hiç büyümemiş, geçti sandıkların hiç geçmemiş.

Sonra özlemeye başlıyorsun. Hani böyle derinden aldığın nefesin ciğerlerinin en ücra köşelerine yerleşmesi gibi, usulca çekiyorsun içine geçmişin kokusunu. Belki mevsiminde açan manolyaları, belki mevsimsiz gelen sonbaharların damağında bıraktığı soğuk kahvemsi tatları, belki de yıllarını geçirip ansızın terk ettiğin bir şehrin yosun kokan sokaklarına sakladığın anların unutulmazlığını özlüyorsun.

Sonra bir gün, gözlerini araladığın altın sarısı sabaha bir mazi çağrısı doluveriyor. O küçük şehri tüm özlenmişlikleriyle kucaklayasın geliyor sanki. Sokaklarında tekrar çocuk olasın ve yıllarca çocuk kalasın... Tüm yaşanmışlara ve yaşanmamışlara sarılasın geliyor, hani bıraksalar anı defterindeki tüm hatıralarına sarılıp uyuyacağın şehrin, sana bir çağrısı bu...

Bazen bir şehir, seni hayatının yolculuğuna davet eder. Bilirsin; o çağrı, yeni bir uyanışa davettir. Özlemlerine, yarım kalmışlıklarına, pişmanlıklarına doğru uzayan ince bir çizgide umutla ilerlersin. Seni orada nelerin beklediğini sadece tahmin edebilirsin. Belki de her şey düşündüğünden çok daha farklıdır. Belki de seni orada bambaşka bir hikâye bekliyordur.

Ne olursa olsun denemeye değmez mi?

Birkaç Kâğıt Daha Buruşturdum Yine Özleminle

Bilmem kaçıncı hikâyesi yarıda kesilmiş kâğıdı buruşturup masada onun gibi hayatına şöminenin ateşinde son verileceklerin arasına karıştırdım az önce. Kaç kırık cümle sıralanmıştı sana dair, saymadım.

İnsan teni yaşlanınca kırışır diye
öğrenmiştik, peki ya kâğıtlar...
Hangi acı onları böyle yıllandırıp
tüketebilirdi, bilemedim.

Önceleri siyah beyaz kareler niyetine üst üste sıraladığım kâğıtları karıştırdım biraz. Bir iki gözyaşı, çokça kırgınlık, biraz umut... Başka ne aradığımı kendime hiç soramadım.

Gecenin soğuk nefesini büründüm. Bir sonbahara, bir de saçlarıma çok yakışan o ılık rüzgârı sarındım yalnızlığıma. Birkaç mum yakabilseydim gözyaşlarım kendini ele verir diye korktum. Ay ışığı yetti cümlelerin isyanını saklamaya.

Karmakarışık bir geçmişin kenarında bir yerlerde kalakalmış, hiç gönderilmeyen mektuplar gibiydik aslında. Üzerine adres düşülmemiş, belki sahibi bile olmayan...

Söylesene o zaman nasıl girebilirdim yalnızlıklar krallığına?

Giremedim.

Posta kutusunun sonsuza dek beklediği o mektup olup parmaklarına hiç değemedim.

Sustum...

Kaderi sayfalarca susularak biçilmiş kâğıtlara yenilerini ekledim. Sonra yitik zamanlardan uçup gelen bir kelebek diledim. Bir sabah uyandığımda pencere kenarında bir kelebek bulmak ve unutmak...

Bulamadım...

Unutamadım...

Harflerinin toplamı içimde bir yerlere dokundu, yine seni özledim.

Geçenlerde bir yazar, kitabın sayfaları arasından usulca fısıldadı:

"Sahi saysak kaç özlem çıkar içimizden?"

Cevap veremedim.

Özlemler nasıl sayılırdı ki? Bir miktarı var mıydı? "Çooookkkk özledim" demeyi öğretmedi mi annelerimiz? *Kucak dolusu sevgiler yollamayı* bir de... Bir gün özlemlerimizi de sayacağımızı ise hiç bilemedik.

Şimdi sayıyorum da sanırım özlemime verebileceğim bir sayı yok. En iyisi kâğıt buruşturmak... Sayfaların arasına karıştırmak özlemleri...

Birkaç kâğıt daha buruşturdum yine özleminle. Öznesi hep üçüncü tekil şahıs olan öyküler yazmayı sevdim bir de. Her öyküde dışardan izledim gidişini. Bir sen vardın sahnede, bir de turuncu saçlı kız... Fonda uzunca bir yol, bir de Şubat ayazı... Cümleler yoklukta asılı...

Susarak konuşabilen başka hikâye kahramanı da tanımadım. Seslerini hiç duyamadığım ama orada bir yerlerde bir şeyler fısıldadığını bildiğim kahramanlar yarattım öykülerime. Susarak yok oldular kayıp zamanın hücresinde.

Saat henüz özlemi iki geçerken ve bir daha hiç güneş açmazken...

Sonra buldum özlemlere sayılar takmayı. Duvardaki guguklu saat az önce gece yarısı vuruşunu yaparken saat de özlemi on iki geçiyordu. Ve ben bir kez daha bir kâğıtta seni öldürüp özlemlerime bir yenisini daha eklemiş oluyordum.

Saat özlemi on iki geçiyordu.

"Zaman varken sevdiklerinin kıymetini bilmeli insan."

Son Bahar

Ömrümün de bir eylülü olacağını düşünmezdim önceleri. Şimdi yaprak dökmeye başladığımdan mı dersin bu sonbahar hallerim? Yoksa sonbahara aşkımdan mı?

Ne farkları var dersen bende ikisi de aynı yere çıkıyor. *Sen yoksan bu sonbahar, son baharım anla...* Bir kez daha yaprak açmaya gücü olmayan bir ağacım. Yorgun, çıplak, sessiz...

Yokluğundan sevgili...

Yokluğun ömrüme biçilen en büyük sonbahar... Ayı fark etmez. Sonbahar, son bahar insana...

Eğer kışı göze alabiliyorsan seversin sonbaharları. Şimdi kışı göze alabildiğimden mi canımın acısı? Karışıyorum yine. Ya da belki sen içime karışıyorsundur kim bilir?

Ne zaman aklıma düşsen aynı bilmecede kayboluyorum. Ben mi karışığım, sen misin ruhuma karışan? Cevabı bulamıyorum nasıl olsa, defalarca soruyorum. Sonra kendime sormaktan da yorulup yine martılara haykırıyorum.

"Bize bir sonbahar yeterken, son bahar da neyin nesi martılar? Ya da siz de sıcak diyarlara uçun en iyisi. Yalnız bırakın bu hikâyeyi..."

Sen Geldin Diye

Gidişinden beri uzun cümleler kuramıyorum. Daha bir seviyorum üç noktaları. Ne zaman sol yanıma düşerse sızın, birkaç üç nokta daha koyuyorum yarım kalmış cümlelerime.

Ve sonra daha bir seviyorum seni ve sensizliği.

Çıplak pencerelerden izliyorum hiç geçmeyeceğin köşe başlarını.

Sonra soğuyor cümlelerim. Kendi halinde ağır çekim bir melodiye dönüşüyor kalbimin çırpınışları. Yokluğuna sarılıyorum.

Kum taneleri gibi her yanıma savrulan mecalsiz düşünceler ve nefesin... Ruhumun en ağır kelepçesi...

Şimdi hangi sonbaharı giyinmiş şehirlere düşse yolum, her bir yaprak hışırtısında sen geldin diye seviniyorum.

Yokluğun, Dinmeyen Bir Issızlık Hali

Yalnızlıkta ezberlenirmiş sessizlik... Etrafındaki kalabalık bir bir azalmaya başladığında, kulakların daha önce tecrübe etmediği ıssızlıkla tanışırmış. Mesela bir pencere çarpsa rüzgârdan, daha çok korkarmışsın ya da evin curcunasında daha önce duymadığın tıkırtılardan biri aniden dolsa kulaklarına, içini garip bir endişe kaplarmış. Bilmezdim.

Bu aralar böyle yeni yeni duygularla tanışıyorum. Alışmaya çalışıyorum. Kabullenemediğim şeyler de var hâlâ. Mesela senin, sonu hüsranla biten bir masaldan ibaret olduğunu kabullenemedim henüz. *Bir varmış, bir yokmuş diyerek başladığı bir masalın sonunu bilince anlatamıyor insan. Zaten ben de hiç anlatamadım.*

Sen, kalemimden dökülen cümlelerce var olup seslere bürünemeyen kahraman olarak kaldın. Böylesi çok da iyi oldu. Evdeki eşyaların hiçbiri adın söylendiğinde neye benzediğini bilmiyor. Bir rüzgâr şanslı... Her akşam ismine sarılmak sadece onun payına düşüyor şimdilik... Ne zaman seni düşünüp bir şeyler yazsam, sana dolanıyor narin kolları, yazdıklarımı alıp uzaklara uçuruyor, renkten renge boyuyor duygularımı.

Biliyor musun, hangi renge boyanırsa boyansın,

Yokluğun, dinmeyen bir ıssızlık hali...

Ve Sonra Kaç Mektup Daha

Sen...

Sakalının her bir teline umut bağladığım adam...

Sonbaharın az önce saçlarımdan geçip sayfalara düştüğü gecelerden birinde, odama yayılan kâğıt kokusunu bastırıyor özlemin. En son bir yağmur dilediğimi hatırlıyorum. Hani öyle aheste, damla damla yağacaktı gözlerimden. Döküldüğü yerde derin halkalar oluşturacaktı. Sana yazılan saman kâğıtlarımı buruşturup kelimelerin mürekkebini dağıtacaktı.

Belli ki henüz var yağmur zamanına. Ondandır gözlerimin dolmasını beklemem. Ondandır bu yavaş yavaş dökülen cümlelerim.

Bir sayfa daha sen bilmeden mühürlendi parmaklarımda. Kaç özlem sığdırdım sensiz zarflarıma? Kaçıncı mektup bu, bilmiyorum. Ve sonra kaç mektup daha...

Belki de sadece hayalini kurdum yazdıklarımın. Ben hayal ettim, yazıldı sandı yüreğim.

Masal adam diyorum önce. Sen duyma... Sakalının her bir teline umutlar astığımı duyma... Uzağıma düşersin, dokunamam, donarım. Hüzün olur her bir yanım, donarım.

En iyisi gel biz seninle susalım, sarılalım.

Ve ben...

Göğsüne yaslayıp başımı, oracıkta uyuyayım.

“

Umut,
hayatın bize
armağan ettiği
en güzel
kelimedir.

”

Melekler Kulağına Mutluluk Fısıldasın

Güneşin tüm eski caddeler koşuşturduğu bir sabahın ilk saatleri... Ne zaman çıktım senle doldurduğum yatağımdan, ne zaman saçlarım güneşin altın eliyle kucaklaştı, bilmiyorum.

Ardı adına attığım adımlar beni sana yaklaştırıyor. Hiç geçmediğim sokaklardan, isimlerini hafızama kazıyarak geçiyorum.

Bir şarkı mırıldanıyor yüreğim. Kim bilir hangi suskun notalarda seni arıyorum.

Dakikalar şehrin ıssızlığına kapılıyor. Biliyorum ki birazdan zaman da duracak, iki titrek beden birbirlerine sarılıp öylece kalacak anın mahzeninde. Sonra gökyüzünü kuşanan gözlerin gözlerime değecek. Bir uğultu dolacak kulaklarımıza. Hislerimizin çarpışması bu. Uzaktan izleyeceğiz birbirimizi sevişimizi. Eski bir binanın uzun merdivenlerinin sonunda, küf kokulu bir eve açılan kapılar ardına saklayacağız varlığımızı. Sonra ne zaman özlersek, o evi düşüneceğiz. Orda yıllanmış olacak özleyişlerimiz.

Ve şimdi bir rüyanın gözlerimde buğulandırdığı yağmurlar gibi yağıyorum.

Gece çıplak ve ayaz tenimde...

Aklımdasın.

Tek dileğim,

Melekler kulağına mutluluk fısıldasın.

Ve Ben Seni Hep En Derinimde Saklarım

Gecenin kulaklarıma dolan sessizliği ve baharın her yana serpiştirdiği yasemin kokuları...

Damağımda şekersiz kahvemin köpüğü...

Adın hafızama dokunduğunda anımsıyorum birbirimize ne kadar geç kaldığımızı.

Hangi cümlenin sonuna konsa, anlam bulamayan noktalar gibiyiz. Üçü bir araya geldiğinde bile hikâyeyi sonsuz kılanlardan olamayan.

Az önce şehrimizi ıslatan yağmurun çatılardan düşen damlaları gibi melodik döküyorum yüreğimi.

Sokağın sessizliğini bozan damla sesleri ve kirpiklerimden sıra sıra süzülen yaşlarım...

Belki şimdi bir rüzgâr eser, kokun kalbime siner ve ben seni hep en derinimde saklarım.

“

Sonra bir yaprak konar
gönlünün bir kenarına,
Anlarsın; sonbahar gelmiş.
Ne yaprakta takat kalmış
tekrar rüzgâra kapılacak,
Ne de gönlünde onu
ağırlayacak derman...

”

Eksik Özneler

Eylül geldiğinde kaldıramayacağım bir yük biner omuzlarıma. İçimin tüm senli yanlarına çöker yalnızlık. Sonbaharın korkarak dokunacağını bilir yüreğim, ondan kuşanmaz kalkanını. Açar kapılarını ve bekler.

Şimdi bir rüzgâr esmeli, birkaç yaprağı dalından oynatmalı, usulca uçurup gönlüme kondurmalı. Hafif bir ürperti tüm bedenime hâkim olmalı ve içimden bir ses yükselmeli:

"Hoş geldin Eylül, diyarıma hoş geldin."

Mevsimi fark etmez aslında. Adın her aklımdan geçtiğinde donup kalmalarım kalbimin ağırlığından.

Ve şimdi bir de sonbahar var. Siz ikiniz tüm cümlelerimin eksik iki öznesi olarak kalacaksınız.

Sayfa Arası Yaprakları

En çok da kuruyup dalından savrulan yaprakları toplamayı severim. Çünkü kendime benzetirim onları. Her birinde kendimden kalma bir parça hüzün bulurum. Sonra itina ile en sevdiğim kitaplarımın arasına yerleştiririm. Ne zaman o kitaptaki en güzel cümleyi okuyacak olsam, kendimi bulurum sayfa aralarında. Bir kurumuş yaprak kırılganlığında... Mevsim hazansa ve ağaç altlarında rüzgârın kucağında can veren yapraklar kümelenmişse, bir yağmur başlar gözlerimden elmacıklarıma doğru. Birazdan ruhu çekilmiş bedenimi yerden alıp kitaplarımın arasına gömecek olmamın hüznüdür bu...

“

Her yaprak, bir sonbaharda ölüp
yeni bir baharda can bulabilmeyi
diler Yaradan'dan.
Sonra bir rüzgâr başlar hafiften.
Gittikçe şiddetlenir ve yaprağın
ilk dileğini yerine getirir.
Zaman geçer, dün olur,
sarı yaprak yığınları toprağı kaplar.
Sonra rüzgâr pişmanlığın
nefesini çeker içine.
Çok geçtir ölen yapraklar için.
Mevsim dönmeli, bahar gelmelidir.

”

Bir Şey Olacağından Değil, Hiçbir Şey Olmayacağından

Bazen büyük bir karanlığın içinde yürürken buluyorum kendimi. Hani sanki gözlerimi kapatmışım, körebe oynuyormuşum gibi hissediyorum. Parmak uçlarımda ise hep hissizlik...

Korkuyorum sevgili. Uzanıp dokunamamaktan, konuşup duyuramamaktan, yokluğundan korkuyorum.

Gözlerimdeki bandı çıkarmak istiyorum sonra. Ama karanlık, yine karanlık, ötesi yok. Sonra anlıyorum, birileri ışıkları kapatmış, karanlığa mahkûm edilmişiz.

Oysa iyi insanlardık biz. Suçumuz neydi, hiç bilemedim sevgili.

İnsanın hiçbir şey düşünmeden bomboş kaldığı anlar olur ya işte onlardan birini sarınıyorum üzerime. Fikirsizlik pek bana göre olmasa da bazen durmak, durulmak istiyorum. O ışıkları da ben söndürüyorum, biliyorum. Kaçıp saklanacak bir kuytu yaratıyorum kendime. Belki aklımdakileri de saklarım, kimse okuyamaz düşüncelerimi diye gizleniyorum.

Bir şey olacağından değil, hiçbir şey olmayacağından... *Bazı düşünceleri öldüremezsin çünkü, saklarsın sadece*. Ben de karanlığa saklıyorum sevgili.

Belki bir gün o karanlıkta parmak uçlarım yüreğine değer de tüm korkularım diner diye bekliyorum.

"

Alışmakla unutmak
aynı şeyler değil.
İnsan her şeye
alışıyor da
öyle kolay
unutamıyor.
Çünkü
mesafeler
hatıraları
öldürmüyor.

"

Mesafeler Hatıraları Öldürebilir mi?

İnsanlar şehirlerden taşınabilir,
birbirlerinden taşınabilir, ama anılardan taşınamaz.
Mesafeler hatıraları öldürebilir mi hiç?

Her ayrılık ardında sancılı bir süreç bırakır.

Günlerce uyumak, boğazına düğümlenen o son anı unutmak istersin. Uyuyunca geçeceğine inandırırsın kendini. Gözlerin gerçek dünyaya aralandığında her şeyin geçmiş olmasını dilersin. Ama geçmez. Hayatından geçenler bir daha geri dönmez, bilirsin.

O gider ve sen onu çantandaki kitaplar gibi her gittiğin yere taşırsın bir süre. Nereye gitsen, ne yapsan yanındadır. Unutamamışsındır çünkü.

Ben de çok uzun bir süre onu yanımda taşıdım. Belki de içimde demek daha doğru. Gittiğim her yere geldi benimle. Yaptığım her şeyde yanımdaydı, izlediğim her filmde, dinlediğim her şarkıda, yazdığım her yazıda... *İnsan ne kadar uzağa giderse gitsin anılardan kaçamıyor.* Ben de kaçamadım. Bir şarkı çaldı, ben yine onu hatırladım.

Kaç günüm böyle onunla geçti bilmiyorum. Zamanla içimde büyüyen bir boşluk olduğunu fark ettim. Alışmak denen yedi harflik fiilin böylesine bir boşlukla kendini takdim edeceğini ise hiç düşünmemiştim.

O, oyunun sonunda seyirciyi selamlayan bir tiyatrocu edasıyla "Bu oyun burada bitti" dedi. Tam aklım karışmıştı ki "Boşluğu hissediyorsan alışıyorsun" diye fısıldadı ardından. Alıştım.

Alışmakla unutmak aynı şeyler değil.
İnsan her şeye alışıyor da öyle kolay unutamıyor.
Çünkü mesafeler hatıraları öldürmüyor.
Mevsimler dönüyor, yıllar geçiyor, belki şehirlerden, hayatlardan geçiliyor da anılar hep ait oldukları yerde yaşıyor. Kalp onları nasıl koruyacağını iyi biliyor.

Ağlamıyorum, Gözüme Dünya Kaçtı

Ne çok söylediler bize, "Aman ağladığını kimse görmesin."

Görmesin ki güçlü sansınlar öyle mi?

Sonra başladık bahaneler uydurmaya. Ne soğanı kaldı, ne tozu dumanı... Halbuki gözümüze koca bir dünya kaçmıştı da anlayamadık. Gözüne batan bir dünya varken nasıl ağlamazdı ki insan!

Ağlamak utanılacak bir şey değil ki. Ağlayacaksın. Bazen düşmüş dizlerini acıtmış olacaksın. Bu sadece çocuklara özgü bir tecrübe değil maalesef. Düşeceksin, kalkacaksın. Yeniden yola koyulup heybene yeni tecrübeler dolduracaksın. Belki yol uzayıp gidecek. Bazen artıp bazen eksileceksin. Bazı duraklarda birileri eşlik edecek yolculuğuna. Sonra zamanı geldiğinde uğurladıkların olacak. Bazen gülecek, bazen ağlayacaksın. Hepsinin de hakkını vereceksin. Ağlamak istiyorsan ağlayacak, gülmek istiyorsan güleceksin. İnsansın sonuçta. Kim ne diyecek diye kırk takla atmayacaksın. Sen yine hep kendin olacaksın.

İnsan ne kazanırsa kalbiyle kazanır. Güçlü güçsüz savaşı değil dünya. Duygular da yaşanmak için var. Sen yaşamazsan ben yaşamazsam kim yaşayacak?

Tecrübelerimiz olacak, iyi ya da kötü... Hayat bir şekilde yaşanacak.

Gelecek koca bir muamma... Sen bugün o geleceğin kapısındasın. Yarın istediğin hayata doğru bir adım atmış olabilirsin. Onu bugün yaptıkların belirleyecekken *ne kadar kırılmış olursan ol, canın ne kadar yanmış olursa olsun, hepsini arkanda bırakmak zorundasın. Gözüne batan o şey her ne ise çekip çıkarmak, kendi yaralarını iyileştirmek zorundasın.*

Sonra ne mi olacak?

Güneş dedikleri o beş harflik koca kütlenin her şeye rağmen ışık saçtığını ve bir yerlerde hâlâ gökyüzüne umut balonları yükseldiğini göreceksin.

Sonra belki de ben mutluluk gözyaşlarını sileceğim, ne dersin?

“

Güçlü insan
acılarında sığınacak
liman aramaz.
İnsanın en güvenli
limanı kendisidir.

”

İnsanın En Güvenli Limanı Kendisidir

Defalarca kez aynı yanılgıya düşüp sonra yine inanmayı seçtiğimiz bir şey var. Acılarımızı paylaşarak hafifletebileceğimiz düşüncesi...

Ben de yaşadığım her acıda buna inandım. Her seferinde yanılgıya düşeceğimi unutarak... Yükümün hafifleyeceğini, iyileşeceğimi umut ederek, inandım...

İnsan yara aldığında biri kanayan yerini temizlesin,
sevsin, sarsın, yarasına merhem olsun istiyor.
Ama bilmiyor ki insanın en iyi ilacı yine kendisidir.
Kimse kimsenin yarasına kendisi kadar
merhametli davranamaz.

İnsan yine kendi tamamlar eksilen yanlarını, kendi onarır kırıklarını, yine kendi içinde filizlenir tüm umutlar. Yani her duygunun doğduğu yer yine insanın kendi yüreğidir. Çünkü insan temelde yalnızdır. Etrafındakiler bir rolü oynuyordur sadece. Sonunda rolü biten sahneden iniyor ve insan yine yalnız yaşıyor.

Ben bunu her seferinde unuttum. Hayat hep bir ağlatıp bir güldürdü bizi. Ağlarken önce bekledik gözyaşlarımız silinsin, olmadı.

Kendi gözyaşımızı kendimiz silmeye alıştık. Sonra daha çok ağladık, bu sefer gözyaşlarımız silinsin diye değil, biri gelip ağrıyan yanımızı sımsıkı sarsın diye bekledik, yine olmadı. Ya bir şeyler tersti ya da olması gereken buydu. Hayat başka türlü nasıl öğretebilirdi ki güçlü olmayı?

"Güçlendik..."

Genelleme yaptığıma bakmayın. İnsan anlatmaya zorlandığı şeyleri böyle daha kolay söyleyiveriyor.

Güçlü olmanın altında derin bir yalnızlık vardır. Güçlü insan özündeki yalnızlığı kabullenmiştir. Güçlü insan yarasını sardığını düşündüğü insanlar evine çekildiğinde, eşi yatağında kendi tarafına döndüğünde, yani kendiyle kaldığı anda her zaman yalnız olduğunu ve yalnız kalacağını bilir.

Bir insan her durumda yalnızsa nasıl bir başkasından
güç alabilir ki? Onun güç kaynağı kendi içindedir.
İşte bu yüzden güçlü insan acılarında sığınacak liman aramaz.
İnsanın en güvenli limanı kendisidir.

Bazı Vedalar Unutulmaz

İnsanın anılarını gizlediği yerler vardır. Kimi o en acı ayrılık sahnesi yaşanırken saçlarını okşayıp geçen rüzgâra, kimi baharın her yana serpiştirdiği çiçek kokularına, kimi de o anda kulaklarını bulan her biri birbirine karışmış seslere saklar hissettiklerini. Belki de bu yüzden bazı vedalar hiç unutulmaz. O rüzgâr ne zaman geçse saçlarından ya da o koku ne zaman gelse burnuna, ne zaman bir ses kulaklarına o günkü gibi dokunsa yine o anı hatırlatır.

Ben de hatırladım...

Vedalarım hep o anki gibi kaldı hatıralarımda, ne acısı azaldı ne de alıştım. Her şehirden, her ruhtan, her hikâyeden geçişimden bir şeyler birikti anı torbama. Bir çiçeğim kuruduğunda, kuşum öldüğünde ya da bir şarkı daha ruhuma kazınarak bittiğinde hissettiklerim hep aynıydı.

Belki de bana acı veren şeylerden beslenerek olgunlaştım, bilmiyorum. Yaşadığım her kayıp beni biraz daha güçlendirirken hayattan aldığım zevk arttı. Sonra anladım ki zorluklardan, acılardan, kayıplardan geçip güçlenmenin ve kesikler biriktirmenin bende bıraktığı bir haz var. İçinden çıktığım savaşlardan sonra her dalgaya göğüs geren küçük bir teknenin zaferini kutlayışı gibi kutladım dik duruşumu. Hayat da sağ olsun sınamaktan vazgeçmedi. Ben bir sınavı daha sabırla geçerken o gittikçe zorlaştırdı sorularını. Yorulmadan, yılmadan... Ben de yılmadım çabalamaktan. Bir önceki zaferimi düşünüp güç verdim zayıflayan dallarıma. Sonra hep baharlar geldi, yeniden ve yeniden...

Şimdi yine bir şehirden daha geçiyorum. Hissettirdiği burukluğu tarif etmeme gerek yok. Yol boyu yemyeşil... Ağaçlarda çiçekler... Yine bahar gelmiş. Ben de bahara yakışan hayaller biriktiriyorum. *Her yol yeni bir hikâyeye çıkar*, biliyorum.

Tesadüf Diye Bir Şey Yoktur

Bazen bazı şehirlerde tamamlanıyormuşum gibi hissederim. O şehrin havası, sokakları, çiçek kokuları, sakinliği içimde yıllardır eksikliğini hissettiğim bir şeyi tamamlar ve bu his kesinlikle tesadüf değildir.

Bozcaada kıyılarına vuran hırçın dalgalar, minik damlalar halinde ayaklarıma ulaşıyordu. Masada birkaç mum, ha söndü ha sönecek...

Handan'la karşılıklı oturmuş, aynı şeyi düşünüyorduk. İkimiz de yıllar önce bu adadan geçmiş gibiydik. Sanki ruhumuz burada doğmuş, sonra başka başka yerlere savrulmuştu. Adaya geldiğimizde hiç yabancılık çekmeyişimizin sebebi belki de buydu.

Eminim zaman zaman aynı duyguyu hissediyorsundur. Ben buna *ait olduğun yeri bulmak* diyorum.

İnsanın ait olduğu şehirler, mevsimler, insanlar vardır. Kimi denizi görmeden yapamaz, kimi yeşili... Kimi için yaz sıcağı güzel, kimi için sonbahar rüzgârı... Ama bir şey var ki o hiç değişmez. *İnsan hep kendi yansımasını bulduğu bir kalbe ait hisseder kendini. Bu yüzden neresi olursa olsun bazı yerler o kalp yanında olunca güzeldir.*

Dostluk da buna benzer. İnsan hep kendine benzeyen insanlar biriktirir. Dostuna baktığında hep kendini görüşün de bu yüzdendir.

Şimdi bakıyorum da evet, yanımdakilerde hep kendimi görüyorum. Ait olduğum bir şehirde yaşıyorum. Yine en çok sonbaharı seviyor ve yine en güzel yazılarımı sonbaharda yazıyorum.

Ve hiçbirinin tesadüf olmadığını biliyorum. *Çünkü tesadüf diye bir şey yoktur.*

“

Bazı karşılaşmaların
zamanı önceden bellidir.
Kader dediğimiz
belki de budur.

”

Bir Kar Tanesine Sığındı Aşk

Bu küçük, yosun kokulu şehre o kadar büyüktü
ki içinde yer bulamayan yalnızlığı...
Derin bir nefes aldı.
Ciğerlerine dolan bu ılık rüzgâr, kalbine konan
kurumuş yaprakları havalandırmıştı.
Oysa bu şehri ilk gördüğünde
ne kadar da sevimli görünmüştü gözüne.
Şimdi gözünün değebildiği
her yer kiremit yığıntısıydı.
Başını göğe kaldırdı, üzerinde uçan martılar tek
tek çatıya konuyordu. Bu şehirde de yaşayan
bir şeyler olduğuna sevindi.
Kim bilir belki de artık hüznünü bir martının
kanadında sonsuza uğurlayabilecekti.

Şubat ayının son gecesiydi. Kendince destanlar yazdığı, aynı zamanda hayatı resmettiği atölyesinin penceresinden dışarıyı izliyordu. Arnavut kaldırımın iki yanına sıralanmış irili ufaklı dükkânların tabelaları geceyi aydınlatıyordu. Kitapçı Aysun abla dükkânını hâlâ kapatmamış olmalıydı ki kitap kokusu penceresine kadar ulaşıyordu.

Geçen yıl Kitapevi Otel'de tanıştığı Aysun abla sayesinde keşfetmişti bu sokağı. Bursa dönüşü bir fincan kahvesini içmek için dükkânına geldiğinde atölyesi için aradığı yerin burası olduğuna karar vermiş, üç apartman ötedeki iki katlı boş ahşap evi bir hamlede tutuvermişti. Sonrasında ilham perisi yanından hiç ayrılmamış, yazdığı kitapların, yaptığı tabloların ardı arkası gelmemişti.

Bu sevimli ahşap ev şimdi dışarıda yağan kara rağmen ısıtıyordu içini. Kar yağıyor, beyaz pamuk taneleri gecenin buğusunu süslüyordu. Ruhunun kırıklarını yok eden hayal parçacıkları gibi örtüyorlardı karanlık yol taşlarını. Köşe başındaki sokak lambası bu güzelliği kristal ışıltısıyla şenlendiriyordu. Tüm renkler yanıp sönüyordu beyaz örtüde; bir kırmızı, bir pembe, bir mavi, bir sarı... Gökkuşağı gibi göz alıyordu ışıltılar.

Elleriyle sımsıkı kavradığı fincanındaki kahveden bir yudum daha aldı. İlham perisi çoktan omzuna oturmuş, şömineden yansıyan kıvılcımların renklendirdiği tuvalde olacakları fısıldıyordu kulağına.

Mart ayının ortasında açılacak olan resim sergisi için son hazırlıklarını tamamlıyordu. Yapılacak son tablonun da silueti şimdi karşısındaki tuvalde yerini buluyordu.

Evet, bu gece bunu resmetmeliydi tuvalinde; kar tanelerinin yarattığı gökkuşağını... Önce buz beyazı olmalıydı tuval, ardından renkler can katmalı, hayat vermeliydi, tablosu nefes almalıydı kendi gibi... Sonra yaşamın sonuna gelmiş bir adamın ardında bırakacaklarının hüznü resmedilmeliydi. Belki de resim sergisinin ismi bile bu kareden gelmeliydi.

"*Kar Tanesi*"

Hafif bir müzik açtı şömine başındaki antik radyodan. Hafif cızırtılı bir ses, eski zamanların plaklarını andıran doygunlukta bir erkek sesi karıştı odanın sessizliğine. Fırça darbeleri gittikçe hızlandı. Duvardaki ding donglu duvar saati az önce üç kez vurmuştu. Son olarak zaman simgesini de ekledi resme. Üç küçük Zümrüdüanka... Geriye doğru birkaç adım atıp eseriyle yüzleşti. Gittikçe resmin derinliklerine dalıyordu gözleri. Kalbinin köşesinde beliren anlamsız bir sızı... *Sanki küllerinden doğan Zümrüdüanka, bu yitik adamın bedeninde tekrar tutsak edilmişti. Öyle ki bir daha doğamayacakmış gibi acı çekiyordu bedeni.*

Yıllarca karakalem çalışmalar yaptıktan sonra, yağlıboya onun için keşfedilecek yeni bir diyar, alınacak yeni bir nefesti sanki. Beynindeki depremler tuvallere dökülür, sonra aşkla süslenir, özlemle bezenirdi. Özlem ve aşkın umutsuz çatışması tuvallerinde hayat bulurdu. Bu sergisi için de genel tema bu duygular üzerineydi. Bu son yaptığı tabloyla da seri tamamlanmış oluyordu. *Yalnız bu çaresiz adamın depremi yüreğinde titreşimler yaratıyordu. Sanki ruhu, onun ruhunda acı çekiyordu.*

Gözlerini tabloda takıldığı yerden ayırıp sabah saatlerine doğru soğuyan odanın en şefkatli yerine sığındı. Yatağına... Bir seriyi daha bitirmiş olmanın mutluluğu ve hazzı, içindeki sızıyla birleşince tarifi mümkün olmayan bir duyguya dönüştü. Yanağına yumuşacık değen yastığında buğulanan gözleri birazdan en derin uykusuna dalıp yarın en güzel sabahına uyanacaktı.

On gün sonra...

Sergi için üç gün kalmıştı. Yakın dostu Selin, ona hazırlıklarla ilgili yardımcı oluyordu. Sekizinci sınıfın ilk gününde tanışmışlardı Selin ile. Gruba en son katılanların üzerine sinen çekingenlik, onun da etrafına bir çember örmüştü. Sessiz, kendi halinde, okul önünde toplanan sınıfın en ön sırasında bekliyordu. Eylül de herkes gibi onu uzaktan izlemeyi tercih etmişti. Ne zaman ki şehir kütüphanesinde bir ödev için buluşmuşlardı, işte o gün Selin'in en iyi dostu olacağını anlamıştı Eylül. Kısa sürede tüm sevinçlerini, üzüntülerini, heyecanlarını paylaşabildikleri birer dost olmuşlardı. Sonrasında da dostlukları öyle devam etmişti. Ne araya giren mesafelerin, ne de geçen zamanın bu dostluğu bozmaya gücü yetmişti.

Eski günleri düşününce yüzünde oluşan tebessümle Selin'e baktı Eylül. Lisede kısacık kestirdiği saçlarını uzatmış, üniversiteden sonra bir daha hiç o kadar kısa kestirmemişti. Şimdi karşısındaki bu uzun boylu, alımlı kız hayatına anlam katan ender insanlardan biriydi.

Selin tabloların sıralamalarını yapmış, her tablonun hikâyesini de ayrı çerçevelere yerleştirmişti. Hikâyeler olmazsa ne anlamı vardı ki tuvallere sığdırılanların?

Her şeyin hikâyesine ortak oldukları gibi bir fincan kahvenin köpüğünde pencere önündeki yerlerini alıp bu güzel günün hikâyesine de ortak oldular. Selin'in elinde Kar Tanesi için hazırladığı boş çerçeve vardı.

"Bu tablo için neden bir şeyler yazmadın?" diye sordu merakla.

Eylül önce iki eliyle sıkı sıkı kavradığı fincanı sehpaya bıraktı. Sonra oturduğu yerden usulca kalkıp Kar Tanesi'nin karşısına geçti. Selin de cevap bekler gözlerle onu izliyordu. Uzunca bir süre tabloya baktı. Bu resme baktığında o adamla garip bir bağ kuruyor, kurduğu bu bağı bir türlü anlamlandıramıyor, kelimelere dökemiyordu.

"Hissettiklerimi anlamlandıramıyorum çünkü" dedi Selin'e dönerek. "Boş kalması daha iyi olacak."

Selin, Eylül'ün yüzünde anlam veremediği o duygunun resmini çekti. Eylül'ün o tabloda kendinden bir şeyler bulduğu kesindi.

Cumartesi günü, serginin ilk günüydü ve üçüncü sergisi olmasına rağmen, sanki bu ilk sergisiymiş gibi heyecanlıydı Eylül. Ziyaretçiler gittikçe artıyor, bu sayı ilk sergilerini de katlıyordu. Bundan daha mutlu edici ne olabilirdi ki bir sanatçı için...

Üzerindeki ekru renk elbisenin içinde kendini bir kuğu gibi hissediyordu. Kuaförünün özenle yaptığı saçları ve makyajı... Her şey bugün onun kendini iyi hissedebilmesi içindi. Arada misafirlerine tablolarını anlatıyor, arada da sergiye gelen yakın arkadaşlarıyla muhabbet ediyordu.

Sergi açılışından yaklaşık üç saat sonra Kar Tanesi tablosunun satıldığını öğrendi Eylül. Gizemli bir sanat hayranı almış olmalıydı ki kendine dair hiçbir iz bırakmamıştı. Tüm tablolardan pahalı olmasına rağmen ilk satılan da o olmuştu. Bu Eylül'ü hem sevindirmiş hem de üzmüştü. En son eseri ve aynı zamanda da en çok etkilendiği tablosu oydu. O tabloda farklı hisler ve yaşanmışlıklar gizliydi sanki. Belki de o tabloyu bir daha hiç göremeyeceği içindi üzüntüsü.

İki gün süren sergi, pazar akşamı sona ermiş, oldukça yorulmuşlardı. Tabloların çoğu satılmıştı ve bu insanların sanatını, tuvallerinde yaşayıp yaşattıklarını sevdikleri anlamına geliyordu. Bu da Eylül'ü hayli mutlu ediyordu.

O akşam, bunu kutlamak için dışarı çıktılar. Rumeli Hisarı'nda bir mekânda hoş sohbetler edip gönüllerince eğlendiler. Gecenin sonuna doğru kahvelerini yudumlayıp bu senenin sergisini de bu şekilde tamamlamış olmanın hafifliğiyle İstanbul'u soludular.

Birkaç gün sonra...

Nisan ayına yaklaşırken, kitap çalışmaları hızlanmıştı. İkinci kitabını yayımlamaya hazırlanıyordu. İlk kitabında küçük küçük tasvirlerle daha çok gece, yalnızlık ve yağmur aşkını okuyucuyla buluşturmuş, bu kitabında ise arkeolojik bir araştırmayı konu edinen roman tarzında sürükleyici bir çalışmayla okurlarıyla buluşacaktı.

Atölyede masasının başındaydı. Gecenin geç saatleriydi. Ortam karanlıktı, sadece çalışma masasının üzerinde yanan iki mum duygularına ışık saçıyordu. Romanın sekizinci ve son bölümünü yazıyordu. Tam bu sırada gelen kutusuna düşen bir mail dikkatini çekti. Mert Demir isimli bir kullanıcıdan geliyordu. Bu ismi daha önce hiç duymamıştı. Genelde bu şekildeki mailleri okurlarından alırdı. E-postayı açıp okumaya başladı. Mert, onu anlatıyordu mailinde. Sanki Eylül, kendi yaşadıklarını hayal ediyormuşçasına onu anlatıyordu yazdıkları. Gözlerinin dolu dolu bakmasından dudağının üzerindeki bene kadar, pazar günleri kahvaltı yapıp gazete okuduğu deniz kenarında saklı ilham köşesinden, atölyeye doğru yürürken yem verdiği kedilere kadar her şeyi nasıl biliyordu? Onunla yaşayan insanlar bile çoğu özelini bilmezken, Mert nasıl bir dünya kurmuştu Eylül'ün evreninde? "Eylülüm" diye başlayan yazısına nasıl bir bahar olmuştu? Bu esrarengiz adam, gölgesi gibi onunla mı yaşamıştı bunca zaman?

Mert, e-postanın devamına, Eylül'ün ilk kitabı Bu Şehir Beyaza Boyanınca Sen Kokar'da onu anlattığını düşündüğü ve onu okuduktan sonra Eylül'ü tanımaya karar verdiği Bir Siyah İnci isimli yazısına karşılık ona yazdığı bir denemeyi de eklemişti.

Yazıyı okuduktan sonra şöyle bir duraksadı Eylül. O birilerini yazarken, birileri de onu mu yazıyordu? Eylül sonbaharı düşünüp şiirler yazarken, birileri de sonbahardan ilham alıp Eylül'ü mü yazıyordu? Etkilenmişti. Sahil kenarında oturup yazılar yazdığı köşesinde, birileri de onu izleyip onu yazıyordu. Hayat, olanca tesadüflerini belki de bu sefer onların önüne yığıyordu. Ya da belki her şey sanal âlemin bir aldatmacası, kelebek kanadındaki bir düştü sadece, bilemiyordu.

Bu maile cevap vermeli mi, yoksa içinde çağlayan ırmakları yerin derinliklerine mi göndermeliydi?

Tüm bu düşüncelerle bilgisayarının başından kalktı, atölyenin penceresine doğru yöneldi. En son burada, karanlığa karışıp duygularla oynadığında Şubattı ve kar yağıyordu, tüm saflığıyla şehri beyaza boyarken, her yer aşk kokuyordu. Şimdi ise baharı kutlayan yıldızlar vardı sokak lambasını gölgede bırakan. Birkaç saat sonra, sabah olduğunda, sabah çiyi yeni açan papatyaları ıslatacak, güneş yorgun gözkapaklarının arasından dünyaya gülümsediğinde, kelebekler sonsuza uçacak ve yüreğine aşk çöreklenenler bu şehre bir kez daha âşık olacaklardı.

Her şeye rağmen başını yastığa koyduğunda, tüm duyguları ve hüzünleri o pencerede bırakıyor olmak, atölyenin Eylül'e sunduğu bir lütuftu belki de. O pencerede düşünür, o pencerede düşündüklerinin arasında kaybolur, o pencerede yazar, o pencerede çizerdi. Ve artık uyku sarmalıydı bedenini, fakat uyuyamıyordu. Mert'in yazdıkları aklından çıkmıyor, kalbi onunla oyun oynuyordu. Başucundaki gece lambasını açıp doğruldu. Mert'e bir şeyler yazmak istiyordu, ama aklı buna engel oluyordu. Kalbi ilk defa bisiklete binen bir çocuğun heyecanıyla atıyor, benliği kalbini frenliyordu. Aklını yenip tekrar mail kutusunu açtı, bir mail daha gelmişti. Ürkek bir şekilde gelen maile dokundu. Mert, yalnızlığı bu kadar iyi tasvir edebilen bu kadının yağmurlarıyla ıslanmak istiyordu. Ve Eylül ilk defa bu kadar duygusal bir erkekle tanışacaktı. Mert'in mailini cevaplamamıştı, ama o kadar heyecanlanmıştı ki belki de cevaplasa sadece saçmalayacaktı.

Okuduğu tanışma davetine karşı biraz çekimserdi. Mert'ten gelen ikinci maili de cevaplamadı.

Ertesi gün mail kutusuna düşen yeni iletide "Kar Tanesi" yazıyordu. Bu defa kendini anlatıyordu Mert, öyle güzel anlatıyordu ki sanki etrafındaki tüm nesneleri kişileştiriyordu, Eylül kadar iyi yazıyordu. Eylül de kendine benzeyen bu adamı tanımaya karar verdi. Ona cevap olarak perşembe günü boğazda bir balık restoranında akşamüzeri buluşmayı teklif etti.

Kabul etmişti...

Birkaç gün sonra buluşacaklardı, ama Eylül'ün düşüncelerini zorlayan başka bir şey vardı. *Mert onu bu kadar yakından tanımasaydı, onu kazanabilmek için tüm hayatını ezberlemeseydi mesela ya da Eylül o kitabı hiç yazmamış olsaydı, hayat yine de yollarını kesiştirebilir miydi? Mesela bir sokak köşesinde çarpışarak ya da bir arkadaş ortamında sıradan basit bir tesadüfle tanışabilirler miydi?* Bilmiyordu.

Perşembe akşamı saat altı civarında atölyeden çıkmış, boğazdaki restorana gitmek üzere taksiye binmişti Eylül. Atölyeden yaklaşık üç dakika uzaklıktaydı boğaz, fakat ayağındaki topuklu ayakkabılar onu biraz zorluyordu. Özenle hazırlanmıştı, siyah elbisesi sarı saçlarını ön plana çıkarmış, sade makyajı güzelliğini doğallıkla bütünleştirmişti. Parfümü adeta ilkbahar çiçeklerini çağrıştırıyordu. Belki de ilkbahar gecesine çizgilenen çilek reçeli tadında bir akşam geçireceklerdi beraber.

Neyse ki beş dakika kadar süren bir yolculuğun ardından taksi restoranın kapısına yanaştı. Daha taksinin ücretini ödüyordu ki taksinin kapısını bir beyefendi açıverdi ve elini uzattı. Zaman orada durdu. Ağır çekimde Mert'in uzattığı eline uzandı eli. Uzun boylu, kumral beyefendi, gözlerinin renginde lacivert kaliteli bir takım elbise içerisinde Eylül'e gülümsüyordu.

Mert'i gördüğünde sanki yıllardır tanıdığı biriyle karşılaşıyormuş gibi hissetti Eylül. *Bazı ruhlar aşinadır ya insana, öyle bir yakınlıkla ruhu içinden süzülüp Mert'in ruhuna sarıldı.* İçindeki okyanuslar kabarmış, kıyılarını dövmeye başlamıştı bile. Eylül o an bunu anlamlandıramayacak kadar heyecanlanmış olsa da ilk görüşte aşk tüm hücrelerine yayılmıştı.

Restoranın deniz kenarındaki bir masası onlar için özel hazırlanmıştı. Beyaz bir masa örtüsü, lacivert-beyaz balık takımları, beyaz mum ve fenerler ve gecenin en ışıltılı benliklerinin sahipleri... Mert ve Eylül...

Sanki aylardır tanışıyorlarmış gibiydiler. Kelimeler dur durak bilmiyor, kahkahalar birbiri ardına sıralanıyordu, sanki Eylül'ün içindeki haylaz çocuk dışarı çıkmak istiyordu. Mert kendinden her bahsedişinde sanki Eylül'ü anlatıyordu. Otuz dört yaşının sonunda, şairane havası her daim başındaydı. Psikoloji mezunuydu, memur çocuğuydu. Ortak noktaları ne de çoktu...

Onlar zamanın nasıl geçtiğini anlamadan güneş ufukta çoktan kaybolmuş, masalarına mum ve fenerler ışık saçmaya başlamıştı.

Kıyıya yakın gemiler geçiyor, belki de her biri farklı diyarlara umut taşıyordu.

Lavaboya gitmek için Mert'ten müsaade istedi ve içeriye doğru yöneldi Eylül. Bir anda olduğu yere çivilenmiş gibi kalakaldı. Etrafındaki her şey hızla akmaya devam ederken onun bedeni ve ruhu donuyordu sanki. Buradaydı işte, tam karşısında!

Gözleri yuvalarından çıkacakmış gibi titriyordu. Bir anda Mert'e dair tüm ihtimaller gözlerinin önünden geçti. Hızla birbiri ardına dizildi ve aradığı tüm cevapları bulmasına rağmen şaşkınlığı onları birleştirmesine izin vermedi. Şaşkınlıktan ölmek üzereydi. Yutkunduğunda boğazında bir yumru, "Hadi ağla!" diye haykırıyordu.

Beyninde çalan merak davullarına kulak verip hızlı adımlarla masaya geri döndü. Şaşkın gözlerle masaya oturdu. Ve Mert'in gözlerine bakmaya başladı. Onlar değil, sanki kalpleri konuşuyordu artık. Birkaç dakika sadece susarak konuştular. Eylül sordu, Mert cevap verdi. Belki dillerinden dökülmesi kolay olmayan kelimeler böyle sessizce akıp gidiyordu. Aklından geçenleri soramadı Eylül, zaten her şey çok açık değil miydi, Mert Eylül'ü küçük evreninin her gezegenine sığdırmıştı.

Mert, bu restoranın sahibiydi ve restoranının en güzel köşesini süsleyen tablonun Eylül'e ait olduğunu bilmiyor olamazdı, değil mi?

Peki Eylül, kendisine sadece üç dakika uzaktaki bu adamın, aylarca gölge misali onunla yaşadığını nasıl anlamamıştı? Önceleri bu restorana geldiğinde hiç mi gözlerinin içi gülen bir adama rastlamamıştı?

Sorular uzayıp sessizlikte kayboldu.

Atölyeye geldiğinde hâlâ şaşkındı Eylül. Yüzünde kocaman bir tebessümle her zaman yaptığı gibi çantasını bir köşeye savurup kendini yatağının üzerine bıraktı. Işıkların açık olmasını oldum olası sevmiyordu zaten. Karanlıktı ilhamı. Önce karanlık sarmaladı bedenini, sonra Mert'in hayali... Bıraktı kendini geceye, böyle güzeldi işte. Sokak lambası yine perdeleri açık kalmış pencereden içeri yüzbinlerce pırıltı gönderiyordu, önemsemedi. Gözleri kapandı. Yanaklarına doğru yayılan tebessüm uykuyla bütünleşti.

Yine bir sabah daha sevinçle dokundu gözlerine. Hemen yataktan fırlayıp odanın penceresini araladı. Nisan tüm ışıltısıyla ruhuna işlesin istiyordu. Aysun abla yine sabah erkenden dükkânı açmış, kapının önüne yerleştirdiği masada kahvesini yudumlayıp bir şeyler okuyordu. Gözleri sokakta dolaşırken birdenbire duruverdi. Mert aracının önüne oturmuş bekliyordu. Hemen üzerine bir şeyler giyip aşağı indi. Kapıyı açtığında biraz utangaç, biraz heyecanlıydı Mert. İçeri davet etti onu.

"Simit ve peynir aldım. Seversin sen" diyerek içeri girdi Mert. Ne de olsa Eylül'ü en az kendi kadar tanıyordu.

Eylül hafifçe gülümseyerek, "Tabii bunların yanına çay olmazsa olmaz" deyip kahvaltıyı hazırlamak için barın arka tarafına geçti. Mert de atölye kısmını dolaşıyordu. Tuvallere dokunuyor, boyalara, kalemlere bakıyordu. Aylardır yanında olmak istediği kadının dünyasını merak edişindendi bu muzipliği.

Eylül şöminenin önündeki ufak masaya birkaç çeşit kahvaltılık yerleştirip çayları da ince belli bardaklara doldurduktan sonra karşılıklı oturdular.

"Dün tabloyu gördüğünde bana bir şey sormadın" dedi Mert Eylül'ün gözlerine bakarak.

"Sormadım, çünkü tahmin edebiliyorum. Benimle ilgili her şeyi biliyordun. Resim yaptığımı da biliyordun ki tabloyu aldın. Ve asıl komik olan ne biliyor musun? Seni, senin mekânına davet etmem" demesiyle aynı anda güldüler. "Ben sana o ismi söylediğimde çok güldün mü, itiraf et" diye ekledi Eylül.

"Hadi ama, olur böyle şeyler" derken aslında bu kadar tesadüfün bir araya gelmesinin zor olduğunun elbette ki bilincindeydi Mert. Yine de farkında değilmiş gibi davrandı.

Birden, Eylül'ün yüzünde ciddi bir tavır belirdi. Birazdan soracağı şeyi cevaplayamayacağını hemen o an anladı Mert.

"Peki sen neden o tabloyu aldın? Bir hikâyesi bile yoktu."

"*Çünkü bazen kelimeler gerekmez bir şeyleri anlatmaya*" dedi Mert. Aslında o tabloda çok şey bulmuştu kendine dair, ama bunları Eylül'e anlatamadı. O tabloda canını yakan bir şeyler vardı, dillendiremedi.

Eylül, düşünmesine fırsat vermeden odağı başka bir konuya çekti Mert'in düştüğü kuyudan habersiz.

"Galata'ya gidelim mi, ne dersin?"

Mert, Eylül'ün gözlerindeki ışıltıya içinden yükselen senfoniyle cevap verdi.

"Gidelim."

O gün ve sonraki nice günler ikisi için de şeker tadında yaşanıyordu artık. İlk defa bu kadar derinden, tarifi olmayan şeyler hissediyor ve gerçekten seviyordu Eylül. *Mert'in gözlerinde kendini en güvenli limanlara sığınmış gibi hissediyordu. Sanki bu limana sığındığında, hiçbir rüzgâr içindeki gemileri vurmuyordu. Ellerini tuttuğunda hayata sarılmış gibi oluyordu, nefesi oluyordu Mert, güneş açmadığında ışığı, soğuk gecelerde kollarında ısındığı, yolunu bulamadığında onun rotasına takıldığı adamdı, yarısıydı.*

Beraber, hayatlarında hiç yapmadıkları şeyleri yapıyor, hayata sıkı sıkı sarılıyorlardı. Ayrı geçen bir günleri bile olmuyordu. İkisi de serbest çalıştıkları için beraber bolca vakit geçirebiliyorlardı, artık onları İstanbul'da tüm martılar tanıyordu. Onları bilmeyen semt ve kahve içmedikleri mekân kalmamıştı.

Hayat, coşkun nehirler gibi çağlarcasına akıp gidiyordu. Eylül'ün arka arkaya aşk romanları yayımlanıyor, gittikçe ünlenen ve daha çok okunan bir yazar oluyordu. Mert ise restoranını bir Eylül diyarına çeviriyordu. Her köşesinde Eylül'den izler taşıyan bu mekân adeta Eylül kokuyordu. Eylül bazen atölyede Mert'e resim yapmayı öğretiyor, bazen de Mert ona şiirler okuyordu. Atölye, ilham yuvaları, aşk evleri olmuştu. Hayat onların diyarında doludizgin yaşanıyor, geceler bitip günlerine koşuyor, günler de gecelerini bekliyordu.

Birbirlerine adadıkları hayatı, artık hep birlikte yaşamaya, evlenmeye karar vermişlerdi. Tanışmalarının üzerinden bir buçuk yıl geçmiş ve gittikçe büyüyen aşkları onlara minik bir yürek armağan etmişti. Annesi gibi eylülleri sevecek minik bir yürek...

Mert, bir bebeğinin olacağını bilse, daha şimdiden miniğinin ellerine dokunacağı günü hayal ederdi. Bir ruhta anlam bulan üç can olacaklardı, aşk olacaklardı. Bu, her şeye değerdi.

Eylülün ekime kavuşmasına birkaç gün kala nikâhları olacaktı. Uzun kuyruklu, sonbahar çiçekleriyle bezeli bir gelinlikle, Mert'in elini tutup o kırmızı halıda yürüyecekti Eylül. Bebeğinin babası, her şeyi, dünyası olacaktı.

Bir tek damatlık provaları kalmıştı, diğer her şey hazırdı. Nişantaşı'nın bilinen butiklerinden birinde son provalarını yapacaklardı. Mert, damatlığını denemek üzere kabine gitmişti, aradan on beş dakikaya yakın bir zaman geçmesine rağmen dönmemişti. Belki de normaldir diye birkaç dakika daha bekledi Eylül, ama gelen olmadı. Sonra butik sahibiyle olan sohbetini yarıda kesip kabine doğru yöneldi, seslendi, ama cevap yoktu. Korku, tüm damarlarında dolaşmaya başlamıştı bile. Kabinin kapısını araladı, Mert yerde yatıyordu. O minicik dünyası birden kararıverdi. Gözleri ne yapacağını bilmeyerek etrafta gezindi. Yardım istedi.

Uyanmıyordu Mert. Yanaklarını sevdi, yalvardı Eylül. Kaybetme duygusuyla ilk kez tanışıyordu ve hiç sevmemişti. Mert öylece yerde yatarken insanın bazen ne kadar çaresiz olabileceğini çok iyi anlamıştı.

Gelen ambulansla hemen yola çıktılar. Eylül, Mert'in yanında oturuyor, ellerini sımsıkı tutuyordu. Ambulansın siren sesleri beyninde uğulduyordu. Dünya Eylül'e oyun oynuyor olmalıydı, bu oyunu sonlandırdığında yiyeceği tokattan habersiz olmalıydı.

On dakikalık hastane yolu bir türlü aşılmıyor, yollar tükenmiyordu. Siren sesleriyle geçen yolculuk hastane önünde son bulduğunda büyükçe bir koridordan geçip sağa doğru döndüler.

İlk muayene sonrası doktorlar Mert'i tomografi merkezine doğru götürüyorlardı. O beyaz ucube makine sanki kefen gibi sarardı insanı, yorardı, zorlardı. Eylül onun ellerini bir an olsun bırakmak istemezken, o korkunç makinenin içinde dakikalarca nasıl yalnız kalacaktı, onu nasıl bırakacaktı?

Günler gibi ağır geçen dakikaların sonunda Mert'i bir odaya aldılar. Doktoru Elçin Hanım, Eylül'ü yanına çağırmıştı. Nedendi ki bu ziyaret şimdi? Elleri terleyerek Elçin Hanım'ın odasına gitti

Eylül, heyecandan dizleri titriyordu. Korkuyordu. Elçin Hanım, önce onu sakinleştirmeye ve rahatlatmaya çalıştı, ama artık gerçekleri duymanın zamanı gelmişti.

Kulaklarını tıkasaydı, duymasaydı Eylül...

Mert'i sarıp göğsüne kaçsaydı bu hastaneden...

Onu yattığı yataktan ve giydiği beyazlardan sıyırıp, ruhunun tüm çıplaklığını bedenine hapsedip kimsenin bulamayacağı bir yere gitseydi...

Hemen şimdi gitseydi...

Gitselerdi...

Ve artık anlatıyordu doktor hanım, ne yazık ki kulakları bu işitilmesi zor cümleleri duymak zorundaydı. Elçin Hanım Mert'i gün geçtikçe tüketen ve onu kısa süre sonra hayattan koparacak hastalığını anlatıyordu ve Eylül'ün de oracıkta tükendiğini fark etmiyordu.

Hangi hastaneye, hangi ülkeye giderse gitsinler yapacak bir şey kalmamıştı. Ömürleri ne yazık ki sadece dört aylıktı.

Beyninde, vurgun yemiş gemiler kıyıya vuruyordu. Bir batıp bir çıkıyordu martılar, depremler yüreğini yıkıyordu.

Aylara sığdırdıkları o güzel günler artık tek kişi tarafından mı hatırlanacaktı?

Peki bebeği, babasının yanağına bir kez olsun dokunamayacak mıydı?

Doktor hanımın sonradan söylediklerinin hiçbirini algılamıyordu, ömrünün baharında sonsuzluğa uğurlayacağı aşka ağlıyordu Eylül.

Mert'e bunu nasıl söyleyebilirdi ya da Elçin Hanım onu yanına çağırıp bunları anlatmasa öyle sessiz, usulca mı gidecekti Mert?

Elçin Hanım'ın odasından kendini nasıl dışarı attığını anımsamıyordu. Ömrüne doğru koşmaya başladı. Yattığı yatağından kaldırıp sımsıkı sarılacaktı, kokusunu en derinine çekip bastığı toprakları öpecekti, onun için çiçekler dikecek, her gün bir resmini yapacaktı ve bundan sonraki kitaplarını hep onun için yazacaktı...

Odaya girdiğinde Mert de onu bekliyordu, olanların ve olacakların farkındaydı zaten, şaşırmayacaktı. Annesini de böyle kaybetmişti zaten, bu duruma yabancı olmayacaktı.

Koşarak boynuna sarıldı Eylül, içini kokusuyla doldurdu; bundan sonra ruhu onun ruhu, bedeni onun bedeni olacaktı. Mert de Eylül'ün sırtına dökülen saçları okşadı, yanaklarını sevdi, gözlerine ise uzun bir süre hiç bakamadı. Yarıda bırakacağını biliyordu bir şeyleri, bu yüzden kendini suçlu hissediyordu.

Hastanede dört gün kaldıktan sonra evlerine döndüler. Artık birbirleri için vakit azdı, çok zamanları kalmamıştı artık, biliyorlardı. O güzel günleri yakında sonlanacaktı. Mert sonsuzluğa gidecek, Eylül ise Mert'in gidişiyle dipsiz kuyulara gömülecekti. Hayat bunu onlara neden yapardı ki?

Elinden bir şey gelmeliydi onun için, umut olmak için, aşk için, bebekleri için bir şeyler yapabilmeliydi.

Hastaneden eve döndükleri hafta Mert'e sürpriz bir nikâh töreni düzenledi Eylül, evleneceklerdi. Hayat devam etmeli, yapacaklarından vazgeçmemeliydiler.

Şömine başına bir nikâh masası, çiçekler, mumlar ve fenerler yerleştirdiler. Mert'e damatlığını daha önceden vermiş ve akşama yemeğe Kız Kulesi'ne gideceklerini söylemişti. Eylül'ü atölyeden akşamüzeri alacak ve yola çıkacaklardı. Gelinliğini giyip hazırlandı Eylül. Aynanın karşısına geçti. Yüreğine yerleşen endişe orayı iyice mesken edinmiş olmalıydı. O sonun her an gelebileceğini bilmek Eylül'ün karakterini iyice değiştirmişti, tahammülsüz biri haline getirmişti. Çabuk sinirleniyor, her şeye gereksiz tepkiler veriyordu. Göz kenarına bulaşan göz kalemine söylendi bir süre. Sonra istemsiz akan yaşları sildi. Ölesiye korkuyordu Mert'i kaybetmekten. Onsuzluğun nasıl bir şey olacağını düşünmeye dahi cesaret edemezken bir gün bu gerçeği yaşayacak olmak bedenine ağır geliyordu. Elleri karnının üzerinde birleşti. Bebeğine dokundu. Bu korkusunu hissetmesi en son isteyeceği şeydi. Daha çok ağladı, daha çok sevdi bebeğini. "Bebeğim, baban seni görebilecek kadar şanslı olsun, ne olur..." diye mırıldandı. O ise henüz tepki veremeyecek kadar küçüktü.

Toparlanıp çıktı odadan. Birkaç arkadaş, nikâh şahitleri ve nikâh memuru da gelmişti. Artık Mert'i bekliyorlardı. O da her zamanki gibi tam zamanında geldi. Anahtarıyla kapıyı açıp içeri girdiğinde her şey masallardaki gibi mükemmeldi.

Mert'in Eylül'ü görmesiyle dışarı çıkması bir oldu. Koşuyordu, Eylül de ardından... Sahil kıyısına kadar koştu, ağlıyordu. Bir erkeği daha önce hiç bu kadar üzgün ve kırılgan görmemişti Eylül. Belli ki canı çok acıyordu. Ama Eylül de onu, onunla ölecek kadar çok seviyordu, görmüyor muydu?

Oysa Mert'in aklından geçenleri bilmiyordu. Her gün kendiyle savaş vermekten yorulmuştu Mert. Eylül'e bu acıyı yaşatmak, onun yanında ölmek istemiyordu.

Eylül anlamıştı aklından geçenleri. Sıkı sıkı sarıldı Mert'in boynuna. Yalvardı. Her acıya göğüs gereceğine yeminler etti.

Yorulmuştu Mert. Yanlarındaki banka oturdular. Mert başını Eylül'ün göğsüne yasladığında bu kalp sesinden uzakta zaten yaşayamayacağını bir kere daha itiraf etti kendine.

Uzun bir yürüyüşten sonra evlerine dönüp ağlaya ağlaya sonsuza kadar evet dediler. Şahitleri ve arkadaşları, herkes ağlıyordu.

Bu savaşı kolay kaybetmemeliydiler...

Aşkı kaybetmemeliydiler...

Haftalar ağır ağır geçsin istiyordu Eylül. Geçen her bir gün, onları uçuruma daha da yaklaştırıyor, içinde kopan fırtınalar gittikçe büyüyordu. Çaresizliğini daha ne kadar saklayabilirdi bilmiyordu. Mert de Eylül'e bir şey belli etmemek için elinden geleni yapsa da görüyordu Eylül, gözlerindeki ışıltı sönüyordu artık. Onu ne olursa olsun mutlu etmeliydi. Belki de bir bebeğinin olacağını öğrenip kalp atışlarını dinlemek ona iyi gelecekti.

Bebekleri on altı haftasını doldurduğunda, Aralık ayı bitmiş, yeni bir yıla daha girmişlerdi. Eylül rahatsız olduğu için kadın doğum uzmanına beraber gitmeye ikna etti Mert'i. Doktoru Onur Bey, Mert'in hastalığını biliyordu ve ona bu haberi en iyi şekilde verecekti. Muayene odasına geçtiler. Eylül ultrason çekilecek yatağa uzandı, Mert de başucundaki sandalyeye oturdu. Onur Bey ultrason ekranının sesini önce kısarak, önemli bir şey olmadığını, bunun geçici bir durum olduğunu söyledi. Mert'in içi rahatlamıştı. Onur Bey ardından, bu durumun beş ay sonra geçeceğini yinelediğinde bile Mert henüz ne demek istediğini anlamamıştı, ne de olsa erkekler bu durumlara fazla aşina değildi. Onur Bey daha sonra kalp atışlarının duyulacağı cihazın sesini açıp bir kız çocuğu babası olacağı haberini verdi. Mert kilitlenmişti sanki. Gözleri dolmuştu, sevinci, hüznü, varlığı, yokluğu, tüm duyguları bir anda yaşıyordu. Sarılıp ağlamaya başladılar. "Benim deniz gözlü bir meleğim olacak" diyordu. Ağlıyordu. Ne o kızını, ne de kızı babasını görebilecekti. Ama o kalp atışları Mert için bir mucizeydi.

Artık her akşam elleri bebeğinin kalbinde uyuyor, onunla uyanıyordu soğuk sabahlara, ona yazıyordu şiirlerini. Ve o küçük kalp, babasının ona olan aşkıyla büyüyeceğinden henüz habersizdi.

Beş hafta sonra...

Yine bir Şubat akşamıydı. Yine hafiften kar yağıyordu. Kar taneleri o kadar yavaş düşüyordu ki yeryüzüne, sanki doğa bile ağır çekimde işliyordu. Onlar için çabalıyordu dünya...

Eylül, atölyenin penceresinden beyazlar altındaki karanlık sokağı izlerken minik bebeğinin karnındaki çırpınışlarına anlam vermeye çalışıyordu. Garip bir şeyler oluyordu. İki elini karnının üzerine koydu, bebeği sakinleşsin diye bir şeyler mırıldandı. O arada Mert ona seslendi, duymadı. Üçüncü deneyişinde sesi kulaklarını delip beyninde şiddetli depremler yarattı.

"Yanıma gel, sana ve kızıma son kez dokunayım" diyordu.

Anlamıştı Eylül, vakit tamamdı. Kader ayrımında sona gelmişlerdi artık. Birazdan sevdiği adam gözlerini bir daha hiç açmamacasına yumacaktı. Eylül onun acılarını da yüklenip küçücük yüreğine, bu atölyeye gömecekti yaşanmışlıkları, belki de camekânlara koyup saklayacaktı en derinine...

Başucuna oturup yanağına dokundu, saat on biri yirmi geçiyordu, üşüyordu, titriyordu, korkuyordu, direniyordu.

Alnındaki terler, her bir damlası ayrı bir hikâye olup masal denizine akıyordu.

Ölüyordu, düşleri yitiyordu.

Doğmamış kızını özleyerek ölüyordu.

Eylül'ün karnında gezindi parmakları. Zorla hareket ettirdiği elini bebeğinden çekmek istemiyordu.

"İsmi..." diyordu, "Buğ-, Buğ-, Bu-..."

Tamamlayamıyordu bir türlü, dudakları kapanıyordu adeta, kilitleniyordu. Gözlerini zorlukla açmaya çalışırken, gözyaşları kümeleniyor, yağmur olup yanaklarından akıyordu.

Gidiyordu işte...

O aylar öncesinden biçilen zaman doluyordu.

Gidiyordu...

Avazı çıktığı kadar bağırmak istiyordu Eylül, arşa kadar ulaştırmak feryadını. Bir zincir olup ona sarılmak istiyordu, çözülmemecesine, kefeni olup sarılmak, toprağı olup gömülmek istiyordu. Can olmak istiyordu, terk edilen bedenine. İçindeki sızı kalbini öldürüyordu, binlerce hançer aynı yere saplanıyor, kanı çekiliyordu. Sakallarını seviyordu Mert'in, sonra gözlerini, yanaklarını, saçlarını, kalbini... Bu kocaman kalp, bu aşk dolu kalp neden veda ederdi?

İki dakika içinde yüzündeki ışıltı çekilmiş, elleri soğumaya başlamıştı. O, okyanus gözleri kapanmış, "Eylülüm" diyen dudakları kilitlenmişti.

Onların sonbaharı mı olmuştu Eylül'ün adı?

Ya da bundan sonra gelir miydi yazlar, kışta kalmış kalbine?

Minik kızına içinde babası olan masallar mı anlatacaktı, yoksa sadece kendini mi kandıracaktı bundan sonra?

O gece kimseye haber vermedi Eylül. Mert'in gittikçe soğuyan bedenine sarılarak uyudu. Son kez üçü beraber uyuyorlardı.

Mert'in ruhunun onları terk edişini hissetti Eylül. Geldiği gibi yine o pencereden uçup gitti.

Ve sonra veda zamanı...

***

Issız Mart gecelerinden birinde kaybolmuştu Eylül. Mert'i kaybedeli tam iki hafta olmuştu, bir insan yaşarken nasıl ölebilirse öyle bir yokluktaydı. İki haftadır atölyeden hiç çıkmamış, perdeleri hiç açmamıştı. Henüz onsuz uyumaya da alışamamıştı. Mert, ellerini son kez tuttuğu koltuğun başında belki bir düş olur, ömrüne çizgilenir diye bekliyordu.

Gözü duvarda asılı saate ilişti. Gece yarısını biraz geçmişti. Pencereye yanaştı. Bu küçük, yosun kokulu şehre o kadar büyüktü ki içinde yer bulamayan yalnızlığı... Derin bir nefes aldı. Ciğerlerine dolan bu ılık rüzgâr, kalbine konan kurumuş yaprakları havalandırmıştı. Oysa bu sokağı ilk gördüğünde ne kadar da sevmişti. Şimdi gözlerinin değebildiği her yer kiremit yığıntısıydı.

Köşe başındaki sokak lambası, yine kar taneleriyle gökkuşakları yaratıyordu. O an anlamıştı aslında Eylül, iki yıl önce bu pencerede ilham alıp yaptığı tablonun gerçeği olduğunu.

Aşk, Kar Tanesi ile gelip Kar Tanesi ile gitmişti.

Onları buluşturan o tablo nasıl olmuştu da iki yıl sonrasını anlatabilmişti ya da o tabloyu çok sevdikleri için mi onları bitirmişti?

Bilemiyordu.

Mert'in son sözlerini anımsadı. Hemen internet arama motoruna "Kar Tanesi" yazdı. Çıkan sonuca gülümsedi. Mert'in o gün tamamlayamadığı cümlesinde ne söylemek istediğini anlamıştı Eylül.

Buğçe...

Kızının attığı birkaç tekmeye karşılık ona babasının koyduğu ismi tekrarladı.

Mert'in bir hikâyesi bile olmayan Kar Tanesi'ni neden satın aldığını anlamıştı.

Bazı hikâyelerin anlatılmasına gerek yoktu.
Nasılsa kader, boşlukları doldurmakta
herkesten daha yetenekliydi.

"

İyileşmek
için
birine
ihtiyaç
duyduğun
sürece
yarım
kalacaksın.

"

Babamın Anısına...

Bir Masaldık, Son Bulduk

Bir varmış, bir yokmuş...
Evvel zaman içinde, kalbur saman içinde,
Develer tellal iken, pireler berber iken,
Ben babamın beşiğini tıngır mıngır sallarken...
Babam düştü beşikten, alnını yardı eşikten.
Annem kaptı maşayı, babam kaptı küreği,
Gösterdiler bana dört köşeyi...

Keşke her şey söylemeye yeni başladığım masal tekerlemesi bitmemişken daldığımız uykuda gördüğüm birkaç dakikalık rüyadan ibaret olsaydı. Ama değildi.

Gözlerim birkaç kez kapanıp açıldı. Sonra birkaç kez ve birkaç kez daha... Ekrana düşen yazı değişmedi.

Babamın kalbi durmuş!

İşte o an duran şey küçük bir kalp değil, koca bir dünyaydı benim için.

Ben kelimelerle boğuşurken kızım kendince yanlış söylediğim tekerlemeyi düzeltti: "Anne, dedemin beşiği değil, annemin beşiği diyeceksin. Unuttun mu, dedem öyle öğretmişti."

İşte bu, dünyanın bizim için hâlâ döndüğünü anlamama yetti.

O an içimde bir merminin patladığını ve kalbimi parçaladığını hissettim. Her bir parçası bir daha birleşmemek üzere ayrı yerlere saçıldı sanki. Onlar saçıldı, ben ağladım. Hem ağladım hem beşiği sallanan ben olmak istedim. Sallanmak, avutulmak ve uyutulmak...

Oysa babam ne olduğu bir türlü bulunmayan o şey canını her acıttığında "Uyursak geçer mi?" diyerek uyumuştu, ama geçmemişti. İşte o zaman bu kitabı babama ithaf etmeye karar vermiştim. Ne de olsa bir gün yaşadığı acıyı masal gibi anlatacağını düşünerek...

Olmadı...

Olmayan o birçok şeye bir yenisi daha böyle eklendi.

İçimde kopan büyük bir fırtına ve beraberinde kalbime yerleşen anıları dağıtmaya çalışan dev dalgalar vardı.

Kalp, sevdiklerinin acısını hisseder, derler. Hissediyordum. Göğüs kafesimdeki o büyük acıyı babamın bedeninde özgürlüğüne kavuşmak isteyen ruhun verdiğini biliyordum. İnsanın yaşarken ölmesi, nefes alırken göğe yükselmesi gibi bir his... O his ki kalbimin ta içinde, bana bir hayli uzakta...

O an babamdan kilometrelerce uzakta olduğumu ve mesafelerin acıları en derininde hissetmeye engel olmadığını fark ettim.

O gece babamı henüz kaybetmediğimizi duyabilmek için saatlerce bekledim. Film şeridi denen kavramın ne olduğunu da o gece öğrendim.

Önce söyleyemediklerimiz geçti aklımdan. Sonra paylaşamadıklarımız, doya doya sarılamadığımız, göreceğimiz güzel günler, başarılar, mutluluklar, torunlara anlatılacak masallar...

Bir geleceğe bir geçmişe savrulup durdum.

Çocukluğum geldi gözümün önüne. O ufacık yeşil evi hatırladım. Küçüldüm, çocuk oldum. Babamın dizine yatıp dinlediğim masallarda kayboldum.

Onun sesiyle tekrar dinledim kurtla kuzuyu, paytak ördek yavrusunu, kırmızı başlıklı kızı...

Olmadı...

Hiçbir masal yaralı ruhumu avutamadı.

Küçüklüğümüzden beri ruhun acı çekmediğini söyleyip duranlara kızdım en çok. Ben o gece o ruhun vedasını en derinimde hissettim.

Sonra bir haber geldi. Çıkmayan candan ümit kesilmezmiş dedirten... İnsana hayatta sadece birkaç kez nasip olan sevinç gözyaşları dedikleri şeyi de işte böyle tecrübe ettim.

Şükrettim.

Dua ettim.

Ümit ettim.

Babamın hayata döndüğünü idrak etmem ise hayli zaman aldı. Bir yanım "O iyileşecek, geri döndü" dese de diğer yanım, "Sen de gördün halini, ne olur hazırlıklı ol" deyip durdu.

İnsan bir kez o acı haberle yıkıldığında öyle kolay toparlanamıyormuş, anladım.

Sonrasında söylenenlerin de bir anlamı olmadı. Ben o gece babamı kaybetmiş gibi ağladım.

Bir ben ağladım, bir gökyüzü...

Yağmur yağdığında kulun ne kadar ağladığı belli olmaz.
Belki de bu yüzden en büyük acılar hep en yağmurlu günleri bulur.

O gün ve sonraki günler hep öyle oldu. Yağmur hiç durmadı.

Hayat toparlanıp ayağa kalkmamıza fırsat vermeden bir çelme daha takıp en acımasız yanını gösterdi. Ve babam öldü.

Bir eşi sevgisiz,

Bir oğlu yarınsız,

Bir torunu masalsız bırakarak...

Yarım bırakarak öldü...

Ölmek fiili ilk defa hayatımın içinde kendine bu kadar büyük bir yer edindi. Ve babam bizlere son bir kez daha sarılamadan, bizi ne kadar sevdiğini söyleyemeden gitti.

Biz de ona son kez onu ne kadar sevdiğimizi söyleyemedik.

Babalar kızlarını çok sever, derler. Benim babam beni hep içinden sevdi, sevgisini hep kalbine sakladı. Nasıl sevilir öğrenmemişti belki. O yüzden sevgisinin gizli kaldığında daha değerli olacağını sandı. Yanıldı. Ben de bir gün beni çok sevdiğini söyleyeceğini düşünerek yanıldım. Söyleyemedi.

Bizim de söyleyeceğimiz her şey koca birer yumru olup boğazımıza dizildi ve o gitti.

Sonraki her şey yetişemeyeceğim kadar hızlı oldu. Birileri birkaç kürek toprak atabilmek için, dualar mühürlenip arşa çıkmak için ve bir ruh daha sonsuzluğa ulaşabilmek için yarıştı ve o gitti.

Herkes evine çekildiğinde zaman ileri sarılmış da çekeceğimiz birkaç asırlık acıyı birden çekmiş gibiydik. *Hayatından hiç gitmeyeceğini düşündüklerini ansızın kaybedenler nasıl bir acıdan bahsettiğimi iyi bilirler. Her sabah varlığına şükrederek uyandığın birini, bir sabah hayatında bulamamanın verdiği acıyı tarif etmek mümkün değildir. Ben de edemem. Olsa olsa "Bu, kaderin zamansız tecelli etmesiydi, bir masaldık, son bulduk" der geçerim. Yoksa bu yükün altından kalkamam.*

*İnsan yaşadığı acılar için hiçbir zaman
yeterince büyümüş değildir.*

Ben de küçüğüm, daha çok küçüğüm... Ama kabullenilmesi gereken bir gerçek var; özleyeceğiz. Çok özleyeceğiz, biliyorum. Ve bu hiçbir şeyi değiştiremeyecek. Bizim masalımızın sonu mutlu bitmeyecek...

“

İnsan
yaşadığı
acılar için
hiçbir zaman
yeterince
büyümüş
değildir.

”

Biterken...

Zaman, Her Ömre Sunulmuş En Büyük Armağandır

Bu kitaba başlarken seni bir yolculuğa davet etmiştim. Nereye gittiğinin önemi olmayan bir trene atlayıp sana, yıllardır senin için biriktirdiklerimi anlatacaktım. Hayatın o dümdüz ovaları anımsatan durgunluğunun, en engebeli yamaçları aştıktan sonra göründüğünü, pencereden içeri dolan güneş pırıltılarına rağmen dışarıdaki soğuğun tüm hücrelerini titretebileceğini, yaşam denen döngünün her zaman aynı rutinde ilerlemediğini, bazen mutlulukla bulutlara erişebilecekken bazen kalbindeki sızıyı unutmak için ne yapacağını şaşırabileceğini, kaybetmek denen kavramın seni nasıl güçlendireceğini ve daha birçok şeyi...

Beni kırmayıp eşlik ettiğin, tüm anlattıklarıma ortak olduğun için teşekkür ederim dost!

Bu kitabın hangi türde, nasıl yazıldığının bir önemi yoktu. *Tek amacım insanın zamanla alıştığını gösterebilmekti sana.* Öyle ya da böyle...

Başardık mı dersin?

Başardık ya da başaramadık, bilemem.

Bir gerçek var ki bir yolculuğun daha sonuna geldik.

Vedalaşmadan önce sana söyleyeceğim birkaç şey var.

Belki sana ölümsüzlüğün sırrını sunamam, ama dinlersen daha mutlu ve güçlü olmanın temel taşlarını özetleyebilirim.

Çocukluğunda oynadığın oyunların bir daha oynanmayacağı gerçeğine inanmaya başladığında dünya denen kütle dönüyor ve büyüyorsundur sevgili dost! Fakat büyümenin korkulacak bir şey olmadığını kavraman zaman almasın.

Her yaşın ayrı hikâyelere kapı açtığını bil. Bu, benden sana küçük bir sır olsun.

Geçmişi kabullen, öyle ya da böyle geçti, yapacak hiçbir şeyin yok. Bugününe sarıl.

Gelecek, hep hayalini kurduğun o en güzel, en mutlu anları barındıran bir gemi olsun. O gemi için dalgalarla savaş ve hep kendi geminin kaptanı kendin ol.

Hayat denen uzun yol seni hiçbir zaman korkutmasın. Düşeceksin, kalkacaksın. Bugün kaybedeceksin, yarın kazanacaksın. Ve her seferinde düştüğün yerden daha güçlü kalkacaksın.

Her düşüşünde zedelenen dizlerinin acısını bir müddet unutamayacaksın, ama sonra geçecek. Seni gerçekten mutlu eden bir kalbin yanında tüm ağrıların dinecek, tüm dalların çiçek açacak. Acılarını hatırlamayacaksın dost!

O en saf duyguya, aşka inanmaktan vazgeçme. Sarıldığında göğüs kafesindeki boşluğu dolduran kalp atışları huzurun oluyorsa, sarıl ona. Kenetlen. Sev, çok sev.

Her yüze gülenin dost olmadığını, sahte gülücüklerin, gereksiz cümlelerin seni doyuramayacağını tecrübe etmene gerek yok. Samimiyetsiz ilişkilere nerede nokta koyacağını bil.

Her şeye rağmen umut etmeye devam et. Gelecek güzel günler hep bir adım uzakken uzanıp yakala. Pes etme.

Zaman, her ömre sunulmuş en büyük armağanken ondan korkma.

Unutma!

İnsan, her şeye zamanla alışır aslında.

Zamanla büyür, zamanla sever, zamanla inanır, zamanla güvenir, zamanla başarır, ama bir anda kırılır, bir anda kaybeder.

Biz de zamanla alıştık dost... Bir anda kırıldık, bir anda kaybettik, ama hiç vazgeçmedik. Umut etmekten, hayalini kurduğumuz gelecek için çabalamaktan, mutluluğu aramaktan hiç vazgeçmedik.

Çünkü iyiler er ya da geç kazanırdı.

Yolculuğumuzun sonuna geldiğimizi biliyorsun. Birazdan sarılıp vedalaşacağız. Bir şeyi hiç unutma istiyorum. Hayat, çok kısa ve bugün bu kısa hayatı doya doya yaşamak için bir fırsat... İyisiyle kötüsüyle, doğrusuyla yanlışıyla bu hayattan başka bir yaşam mümkün değil.

O yüzden sarıl ona, sonra da bana...

Bir daha ne zaman karşılaşırız bilmiyorum. Ne zaman karşılıklı oturup sohbet eder, ne zaman aynı trenle yolculuğa çıkarız bilmiyorum. Tek bildiğim seni, senin kadar önemsiyor olduğum.

Kendine iyi bak, olur mu dost!

Kalbine iyi bak!

Ve bana yazmayı unutma!

“

İnsan ayakta değil,
hayatta kalır.
Çokça düşer,
tekrar kalkar;
üzülür, ağlar,
tekrar güler...
En sonunda hep
güzel günler umut eder.
Çünkü umut etmek,
insanı hayatta tutan
en büyük eylemdir.

”